ラルーナ文庫

冷徹王は翼なき獣人を娶る

小中大豆

三交社

CONTENTS

Illustration

巡

冷徹王は翼なき獣人を娶る

本作品はフィクションです。
実際の人物・団体・事件などにはいっさい関係ありません。

一

森を抜け、湖畔に出ようとしたところで、すぐ近くの草むらから人間の声が聞こえた。

「いたか？」

「いえ。おそらくはまだ、森の中に潜んでいるのではないかと」

「でかい図体《ずうたい》でちょこまかと……忌々しいケダモノめ」

憎しみのこもった声に、ユノ・ファはゾッと身を縮める。同時に、彼らの話すのがレトヴィエ語なのに気づき、自分がいつの間にか国境を越えていたことを知った。

（ここがレトヴィエなら、もうすぐ……あの湖の向こうまでたどり着ければ、山に帰れる）

ユノ・ファの知識が正しければ、湖の向こうにレトヴィエ王国の市街地と王の居城があるはずだ。それを越えたさらに北東に、ユノ・ファの故郷である山岳地帯がある。

しかし、これまでの道のりを考えると、その行程は恐ろしく長く思えた。

何より今、ユノ・ファは怪我《けが》を負っている。脇腹《わきばら》に受けた矢傷はまだ血が止まっておらず、肩や腕の傷も塞《ふさ》がりきらずにじくじくと痛んだ。

できれば一日、いや半日でもいいから休息を取りたい。

森に入って国境を越える前、隣国の兵に見つかって襲撃を受けてから、もう三日三晩、ろくに物も食べずに逃げ続けてきた。

ユノ・ファの身体《からだ》は人間より丈夫にできているが、不死身ではない。疲労と空腹に多量の出血が重なり、もう体力は限界だった。

森の奥へ戻ろうか。初春の今は気温も低く、森での野宿は体力を消耗する。大型の肉食獣も生息していて、手負いの身で彼らに襲われれば、とても勝ち目はない。

それでも人間に見つかるより、このまま森で死ぬ方がいいように思えた。隣国の兵に襲われた時の、あのギラついた目と表情が忘れられない。

恐怖と侮蔑《ぶべつ》、憎しみの混じった目。ユノ・ファは何も悪いことはしていないのに、ただ人間にはない獣の耳と尻尾《しっぽ》を持つ種族だというだけで襲われた。

故郷で噂《うわさ》に聞いていた通りだった。人間たちは皆、ユノ・ファたちの種族を『獣人』と呼んで恐れ、見つければ何も考えず排除しようとする。

（やっぱり人間と仲良くするなんて、無理だったんだろうか……）

絶望的な気持ちになって、頭上を見上げた。しかし深い木々に覆われた森の中では、空は見えない。

（父上、ごめんなさい）

勝手に故郷を出て、父は心配しているだろうか。それとも、首長である父の子でありながら、不完全な息子がいなくなったことに、ほっとしているだろうか。

（翼があれば、逃げられるのに）

父のように立派な翼があれば。いや、そもそもユノ・ファに翼があったなら、人間の住む領域へわざわざ足を向けることもなかったのだが。

「兵を集め、近隣の村人もすべて駆り出せ。日が暮れる前に森から獣人を追い立てろ。なんとしてでも奴を捕えるんだ」

森の奥へ引き返そうとした時、そんな声が聞こえてきた。レトヴィエの言葉はところどころ理解できない単語もあったが、ユノ・ファを狩るために、大勢の人が森に入ろうとしていることはわかった。

「獣人は手負いの一頭だけだと聞いていますが、それほど脅威なのでしょうか」

「湖畔の離宮まで出られたら厄介だ。陛下と王弟殿下が到着されるまでに問題を片づけたい」

ユノ・ファは物音を立てないように、慎重にその場を立ち去った。森の奥へ戻るのは危険だ。地面に落ちた血の跡を消し、傷の痛みに耐えながら、湖に沿って東へと森を進んだ。進むうちに木々は次第にまばらになっていき、やがてとうとう森が途切れた。ここから先は人目につく危険がある。

しかしぐずぐずしていたら、すぐに大勢の人間が押し寄せてくるだろう。どうしたらいいのか思案していた時、少し離れた森の中でまた、レトヴィエ語が聞こえた。

「おい、血の跡だ」

「まだ新しいな。この辺りに獣人が潜んでいるかもしれない」

緊迫した声と、その周りで起こるざわめき。多人数の兵がそこにいる。手負いの身でも、ユノ・ファなら戦えば人間に勝てるかもしれない。だがたとえ勝てたとしても、生き延びるためには相手を傷つけ、場合によっては殺してしまうことになる。

ユノ・ファは誰《だれ》も傷つけたくなかった。そんなことのために、故郷を出たわけではない。わずかな逡巡《しゅんじゅん》の後、ユノ・ファは意を決して森を抜けた。早く走るために四本足の姿に変わろうと試みて、激しい脇腹の痛みに呻《うめ》く。

自分で思っていた以上に傷は深く、体力も消耗している。諦《あきら》めて二本の足で走った。人間からすれば俊足といえる足だったが、この身体で長く走れないことはわかっていた。

後ろの方で、人の声が聞こえた。見つかった。痛みを堪《こら》えて走る速度を上げる。

森を抜けてもまだ、少しの雑木林が連なり、その林を避けるように、土を均《なら》しただけの曲がりくねった馬車道が通っている。

その馬車道を横切って、大きな草むらへ飛び込もうとした時だった。

急な曲がり道から、大きな塊が現れた。一拍遅れて、それが馬車だと気づく。

慌てて後方へ飛び退《すさ》るユノ・ファの視界に、大きく目を見開いた御者の顔、そして客車の窓から身を乗り出す、金髪の子供が映った。

（落ちる――！）

ユノ・ファを避けようとして、猛然と近づいてきた馬車が大きく傾《かし》ぐ。子供が大きく重心を崩して窓から零《こぼ》れ落ちた。

考えるより先に、身体が前に出ていた。あたう限りの力で地を蹴《け》り、地面に叩《たた》きつけられようとする子供を既《すんで》のところで掬《すく》い上げる。子供を抱きしめて草むらにゴロゴロと転がった。ユノ・ファの身体は勢い余って転がり続け、大きな木にぶつかって止まった。

「王子！」

誰かが叫ぶ。それに応《こた》えるように腕の中で大きく呻く声が聞こえ、ほっとした。

よかった。ユノ・ファが抱いて転がったので、目立った傷は見られない。もしかしたら打ち身があるかもしれないが、急所は守れたはずだ。

大丈夫かと相手に尋ねようと身を起こしかけて、頭がふらつく。低く呻くと、腕の中の子供がびくっと跳ねて起き上がった。

こちらを恐る恐る振り返る。金髪に雪のような肌と緑灰色《りょくかい》の瞳《ひとみ》をした、いかにもレトヴィエ人らしい少年。だが思っていたよりも子供ではなかった。小柄だが、手足はすらりと伸びている。その美しく整った細面には、はっきりと怯《おび》えの色が浮かんでいた。自分を抱いていたのが、獣人だと気づいたのだ。

「あ、や、やだ……」

薄い肩がブルブルと小刻みに震え始めるのを見て、ユノ・ファは悲しくなった。

「た、助けて……あに、兄上っ」

少年は悲鳴を上げて逃げようとする。少年は立ち上がろうと腰を上げたが、すぐにへなへなとその場に崩れ落ちた。腰が抜けてしまったのだろうか。それとも、ひどい怪我をしたのか。自由にならない足腰に、少年自身も戸惑いを見せる。もう一度立とうと試みるが、やはり立ち上がれない。

少年はハッとこちらを振り返り、恐怖に満ちた表情でユノ・ファを見つめた。すぐにでも襲ってくるのではないかと、怯えているのだろう。相手を安心させるために、ユノ・ファは知る限りのレトヴィエ語を駆使して話しかけた。

「お……お前ハ、ダイジョブ？　足、腰とか、ケガしタ？」

頭や背中を強打した時、稀《まれ》に身体の一部が動かなくなることがある。かつてユノ・ファの弟も、転んで頭を打った後に動けなくなり、しばらくして突然、亡くなってしまった。

ほっそりとした手足と小さな身体に死んだ弟を思い出して、心配になる。

「痛イ？　頭、打っタ？　痛イ？」

たどたどしいレトヴィエ語でなおも声をかけると、少年は大きく目を見開いた。何か言いたげに口を開ける。

その時、馬のいななきと車輪の軋《きし》む音がした。

「レヴィ！　レヴィ！　無事か！」

怒号に似た男の声と、人々のざわめき、金属の触れ合う音が近づいてくる。その時、ユノ・ファはようやく自分の置かれている状況を思い出した。

耳を澄ませば、周囲から人が集まる足音が聞こえる。

もう駄目だ。周りは人間だらけだった。この身体で、逃げきることはできない。

「レヴィ！」

「兄上！」

男の声に、少年が弾《はじ》かれたように顔を上げた。少年の視線の先をたどる。そこに、幻のような神々しく美しい何かを見た気がして、ユノ・ファは目を瞬《しばたた》かせた。

ユノ・ファたちが転げてきた馬車道に男が立っていた。金髪に緑灰の目をしたレトヴィエ人。だがユノ・ファが見たことのあるレトヴィエ人に比べ、その男はとても大柄で逞《たくま》しかった。

(誰……?)

この金髪の男が何者なのか知りたかった。胸の奥から熱い何かが溢《あふ》れてくる。これは何なのだろう。

「レヴィ!……これは獣人か。貴様、弟から離れろ」

少年に向かっていた男の視線が、ユノ・ファに移る。その美しい緑灰の目に憎悪が浮かぶのに、身体の力が抜けていくのがわかった。自分はここで死ぬのだ。

金属の音と、金髪の男のそばで何かが鈍く光るのが見えた。あれは剣だろうか。

「待って、殺さないでください!」

すぐ間近で少年が叫んだ。自由にならない足腰で、這《は》いずるようにこちらに近づいてくるから驚いた。

「兄上。この者は、私を助けてくれたのです」

少年は金髪の男や兵士たちから庇《かば》うように、ユノ・ファを背にして訴える。

さっきまで怯えていた少年が、必死に自分を庇ってくれている。のっぴきならない状況も忘れ、絶望に満ちていた心に喜びが沸き上がるのを感じた。

「お願いです、兄上。寛大なご処置を。この者は手負いな上、自らの身を危険にさらしながら、私を助けてくれたのです」

兄上、と少年が繰り返す。金髪の男は、少年の兄らしい。弟がなおも何か言い募り、男は黙り込んだままこちらを見据えた。鋭い双眸《そうぼう》にわずかな迷いの色が見て取れる。ユノ・ファを助けるべきか殺すべきか、考えあぐねているのだ。

やがて男は目をつぶり、周囲に決断を示した。再びその目が開かれた時、ユノ・ファは己の死を宣告されることを覚悟していた。

「後ろの馬車にこの獣人を乗せろ。私はレヴィとともに前の馬車に乗る。獣人はできる限り、傷に障らないように丁寧に扱え。ここではろくに治療もできん。王都に戻るぞ」

静かだがよく通る男の声に、集まってきた兵たちがざわめくのが聞こえた。目の前では少年が、ほっと肩の力を抜くのが見える。

(まさか……俺を助けてくれる?)

自由にならない身を押して、ユノ・ファを庇った少年。その兄もまた、ユノ・ファを助けてくれるというのか。

三日三晩、人間に追われたせいでにわかには信じられない気持ちだったが、間もなく武器を下ろした兵たちが近づいてきて、木に布を括《くく》った即席の担架にユノ・ファの身体を乗せた。

「しっかりして。もうすぐ良くなるよ」

馬車に運び込まれるまでの間、少年がよろめきながらも二本の足で立ち、兵たちに支えられながらも付き添った。その優しさが嬉《うれ》しくて、ユノ・ファは目まいを覚えながらも懸命に笑顔を浮かべる。

「お前ハ、ダイジょブ？　痛くナイ？」

「大丈夫だよ。君が助けてくれたから。もう痛くないよ。ちゃんと歩けるよ」

ところどころ単語はわからなかったが、少年の励ます声はちゃんと伝わっていた。身体が弛緩《しかん》する。少年の隣から、金髪の男がじっとこちらを覗《のぞ》き込むのが見えて、また胸の奥から熱いものがこみ上げてきた。その熱い思いが何なのかはわからないが、とにかく嬉しかった。やはり、自分の考えは正しかったのだ。

世の中はひどい人間ばかりではない。ユノ・ファたちの種族の中でも、人間たちと和解し共存しようと考える者たちと、人間は敵で決して交われない存在だとする者たちがあるように、人間にも様々な考えを持った者たちがいるのだ。

我々はきっと、人間と共存できる。手を取り合って厳しい環境に立ち向かえる。自分はそのために故郷を出た。人を知り、人に自分たちの種族を理解してもらうために。

(優しい人たちに出会えて、よかった)

ユノ・ファは目をつぶる。少年も、その兄である金髪の男も、きっと優しい人たちなのだろう。今このまま、命が亡くなっても本望だと思えるほど、その心は喜びと希望に満ち溢れていた。

「レヴィの怪我の具合はどうだ」

獣人が担架で運ばれ、少年も兵士に支えられながら馬車に乗り込んだのを見ると、金髪の男は声をひそめて部下に問いかけた。

「小さな擦り傷の他は、しっかりしておいでです。周囲にいた兵士たちに聞いても、獣人が殿下を助けたのは確かなようですが。……しかし本当に、あのケダモノを城に連れ帰ってもよいのですか?」

「翼を出して飛んで逃げないところを見ると、あの獣人は種族を束ねる一族ではないのだろうな。しかし北方の山岳に住む獣人の種族は、身分の差に関係なく同胞を大切にすると聞く。何かの時に、交渉の手段になるかもしれん」

「なるほど。人質ということですか」

「果たして使い道があるかどうかはわからんが、こんな時世だ。手持ちの札は多い方がいい。……たとえケダモノでもな」

二

窓の外を覗くと、澄んだ青空に薄く墨を流したような黒い雲が流れ込んでいた。そろそろ春も終わろうかというのに、このレトヴィエでは一日中からりと晴れる日がない。およそ空はどんよりと曇り、晴れたと思ったらこのように、また黒い雨雲が北の山脈から流れてくる。

どろりとした黒雲が己の心を映しているようで、ヴァルティス・レトヴィエは眉間《みけん》に深い皺《しわ》を寄せた。

「陛下？　少し休まれますか」

同じ執務室で、それまで黙々と書類の整理をしていた補佐官が、心配そうにヴァルティスを窺《うかが》う。

補佐官はまだ若く、平民出身だが、優秀な上に万事において気のつく男だ。思いきった起用をして正解だったと、しばしば思う。

「いや、いい。天候を見て、気が滅入っただけだ」

その言葉に補佐官は窓へ首を伸ばし、「ああ」と、ヴァルティスと同じように眉間に皺を寄せた。

「また雨が降りそうですね。先日のように、霜が降りないといいのですが」

農作物にとって降霜は大敵だ。レトヴィエは山岳地帯に面し、平らな土地が少ない上に、冬が長く土地は瘦《や》せていて農作物が育ちにくい。

石炭の採掘と、国内の供給をなんとか賄えるだけの酪農、畜産が頼りだ。農作物は、平らな土地でわずかなイモや穀物を栽培するだけで、あとは東の隣国であるヴォルスク国から輸入している。

国内の食糧事情が外交に左右される実情を打破するべく、先代国王の時代から国を挙げて農業に力を入れ始めた。ヴァルティスも父王の国家事業を引き継ぎ、作物の品種改良や農業技術の研究に一定の予算を割いているが、未《いま》だにはかばかしい成果を得ていない。

おまけに頼りの石炭採掘も、別の国で新たに大規模な採掘場が見つかり、石炭の輸出量と価格が低迷していた。

ヴァルティスは父王の急逝により弱冠十九歳で王となり、山積する問題に取り組んできた。しかし十六年経った今も民たちの暮らしは一向に良くならない。

さらには東方の異民族国家、カガンがこの百年で大帝国にまで成長し、西へ西へと勢力を伸ばしつつある。ここ十年はレトヴィエでも、カガン帝国の大軍がいつ山脈を越えて侵攻してくるかという、緊迫した状態が続いていた。

「ところで陛下。例の獣人は、まだレヴィ様のおそばに置かれているのでしょうか」

東に横たわる山脈を眺めているうちに思い出したのだろう、補佐官がためらいがちに尋ねた。ヴァルティスもまた一つ、面倒な問題があることを思い出す。面倒すぎて、頭痛がしそうだ。

「ああ。最初は護衛の兵をそばに置いていたが、最近は二人だけで過ごしている」

「そんな。大丈夫なのですか」

王位を継ぐ者ではないが、仮にも王弟だ。そしてヴァルティスがレヴィを溺愛《できあい》していることは、宮廷の誰もが知っていることだった。

ヴァルティスとて、獣人に近づけて、弟にもしものことがあったらと、気が気ではなかった。今もそうだ。

「あの獣人は、温厚な性格のようだな。弟はいたくあの獣人が気に入ったようだ。獣人も弟に懐いている」

「懐く……のですか」

野蛮な獣人が。補佐官はまだ半信半疑の様子だ。

「懐いているのだろう。傍目《はため》にはそう見える」

ふた月前、異母弟のレヴィ・レトヴィエ王子の静養のために、西の湖畔にある離宮へ向かう途中、一人の獣人を捕えた。保護という方が正しいのだろうか。

あの日、ヴァルティスは後方にいて実際の光景を見ていないが、レヴィと警備兵らの話では、馬車の窓から転げ落ちたレヴィを、獣人が助けたという。

自身は手負いで、さらに人間から追われる身でありながら、咄嗟《とっさ》に人を助けた。さらにレヴィの話を信じるなら、気を失う直前まで、自分よりもレヴィの身を案じていたというのだ。

もっとも、善良で気の優しい弟のことだ、獣人の態度をいいように解釈しているのかもしれない。

だがともかく、ヴァルティスは獣人をその場で殺すのではなく、恩人として手厚く保護する道を取った。

最愛の弟に助命を懇願されたから、というだけではない。弟や家臣たち、それに自国の民を脅かす存在であれば、私情は挟まず殺すつもりだった。

だがあの時、意識を失う間際に獣人が、ヴァルティスに向けて嬉しそうに微笑《ほほえ》むのを見て、これは使える駒《こま》かもしれないと直感したのだ。

本当に使えるかどうかはわからない。だが内憂外患の今、駒はできるだけ多く抱えておきたい。

——おそらくあの獣人は、ユノ山脈に住む『ルーテゥ・クク』でしょう。

王立研究所から呼び寄せた学者が言っていた。

ユノ山脈は、レトヴィエ王国の東に長く横たわる険しい山々だ。そこに獣人の部族が暮らしていることは、古くから知られている。

琥珀《こはく》色の肌に黒い髪と瞳。保護した獣人は、ユノ山脈に住む部族の特徴と一致している。

「陛下もご存知の通り、人間は獣人を恐れ忌み嫌い、獣人も人間を厭《いと》うております。中には進んで人間と争う部族もありますが、しかしこの『ルーテゥ・クク』すなわち『ルーテゥ族（クク）』というのは、獣人の中でもとりわけ穏健派と言われております」

獣人はその名の通り、半人半獣の生き物である。人間によく似た姿をして、ただ狼《おおかみ》に似た尖《とが》った耳と尾を持っている。

百人から多くて千人単位の部族を形成し、世界各地の山岳地帯に生息している。人間に比べてその数が少ないため、部族間で領域を争うことはまずない。彼らがその居住地を守るべく、長い間争ってきた相手は、主に人間であった。

平素は人に似た姿で生活する獣人だが、ひとたび戦闘になると、その姿を人の数倍はある大型の獣へと変貌《へんぼう》させる。獣の姿は狼に似て、馬のような長い鬣《たてがみ》を持つという。

変身を遂げた獣人は無敵の獣だ。鋭い爪《つめ》と獰猛《どうもう》な牙《きば》で敵を引き裂く。その巨体にもかかわらず動きは俊敏で、馬よりも速く長い距離をどこまでも走る。人間など、彼らに襲われればひとたまりもない。

人形《ひとがた》をとっていてさえ、彼らは人間よりはるかに運動能力に秀で、身体は恐ろしく頑丈だ。自然の厳しい山岳地帯を生き、人間が移動するのに困難な岩山をするすると駆け抜けると言われている。

寿命は人と変わらず、繁殖力はとても弱い。

知能は人間と同程度だと、招集した老学者は説くが、これに感情的な反発を覚える人間は多いだろう。老学者の持つ知識に厚い信頼を寄せるヴァルティスでさえ、理屈を理解しても感情的には受け入れられない。

獣人は野蛮な「ケダモノ」で、彼らの持つ文化や習慣はすべて人間の物真似《ものまね》、倫理観など罪人ほども持たない存在なのだと、それが常識のように刷り込まれているからだ。

しかしこの老学者に限らず、多くの研究者、また古くからある数々の文献は、獣人が独自の文化と人間と同等の知能を持っており、人間社会に当然のように横たわる獣人への認識は偏見にすぎないのだと述べている。

それが事実ならば、国家の君主であるヴァルティスはより良い判断をするために、私的な感情は排除してその情報を認めなければならない。皇太子として生まれてからそのように教育されてきたし、今回もそうした。

「私もあの獣人の特徴から、『ルーテゥ』の一族だと考えて連れ帰った。あれが部族の一員だとして、交渉の道具になると思うか？　あるいは、本人を懐柔して部族との交渉にあたらせることは可能か」

ヴァルティスの問いに、老学者は真意がわからない、というように首を傾げた。ヴァルティスは苦笑する。

かつてヴァルティスの家庭教師でもあったこの老人は、生物に関して、こと獣人については並ぶもののない博識だが、学者馬鹿というべきか、世俗のことには疎いのだ。

「陛下はあの獣人を使って、ユノ山脈の獣人たちと手を結びたいと考えておられる。平素ならば考えられないことだが、東方に迫る夷狄《いてき》の侵攻に備えるために、獣人の力を利用したいのだ」

ヴァルティスの隣で話を聞いていた重臣の一人が、言葉を添えた。老学者も「なるほど」と得心したようにうなずく。

「東の帝国が攻めてくるとすれば、ユノ山脈を越えるしかないでしょうからな」

夷狄が西方に勢力を進めるならば、もっとも水際にいるのはレトヴィエ王国である。それより東方の国々はもう夷狄に陥落してしまった。

夷狄が海路を選んでより西へ進んでくれれば、海を持たないレトヴィエはまだ少しは息がつける。しかし夷狄の水軍は陸軍に比べて貧弱な上、西方には有力な海軍国がいくつもある。海路を選んで侵攻することは、まずあり得なかった。

事実、夷狄はこれまでにも幾度かユノ山脈を越えようと試みている。

いずれも失敗に終わっているのは、一つにその山々の険しさも理由にあるが、何よりそこに獣人たちが暮らしているからだった。

ユノ山脈は、人間の引いた国境線によればレトヴィエ王国のものだが、本来はそれより先に住んでいた獣人、『ルーテゥ族』の領域だった。

彼らが自らの領域を守り、侵入者を阻んでいるからこそ、夷狄も山脈を越えることができないのである。異民族である夷狄もまた、獣人を恐れていた。

しかしその脅威を前にしてもなお、夷狄はさらなる領土を求めて西に進もうとしている。

東の蛮族が『ルーテゥ族』の目を潜《くぐ》り抜けて山を越えてしまえば、それ以上は侵攻を防ぐ手立てはない。長い年月、ユノ山脈という堅牢《けんろう》な自然の城壁が、弱小レトヴィエ王国の東方を守護してきたのである。

そうした状況にあって今、ヴァルティスがもっとも恐れているのは、夷狄と『ルーティ族』が手を結ぶことだ。

逆に、夷狄より前に獣人と手を結ぶことができれば、夷狄の侵攻はほぼ防げると言っても過言ではない。協定を結ぶか、あるいは『ルーティ族』を隷属させられればもっといい。

保護した獣人が、そのための交渉材料となり得るのかどうか。ヴァルティスは知りたかった。

「……さて。私は長年、獣人の研究をしておりますが、文化や習慣、生態についての研究ですので、政治的なことはあまり。ただ二十年前のユノ山脈の調査の際に立ち会った『ルーティ族』の首長は、人間にはできる限り関《かか》わりたくないという保守的な方でした。代替わりしたという話は聞きませんから、まだ彼が首長でしょう」

老学者が「保守的な方」と獣人に対して丁寧な言葉を使うのに、周りにいた大臣たちは訝《いぶか》しげな顔をした。だが老学者の中では、獣人は人と同等なものなのだろう。

「ユノの獣人は同胞を大切にすると聞く。あの獣人を人質に交渉できないか」

「さあどうでしょう。確かに仲間を大切にすると言われていますが、一人の命と部族全体の存続を秤《はかり》にかけた場合は、人質となるかどうか」

人間と同等の知能を持つというなら、それも当然だろう。

「あの獣人が首長の血縁である可能性は？　つまり、部族の中で重要な地位にある可能性があるかということだが」

「傷の治療の際に見た限りでは、あれは若いが十分に成長した獣人でしたから、首長の血縁ということはまずないでしょうな。身体も小柄ですし」

「十分、大柄に見えたが」

ヴァルティスは思わず言った。例の獣人を間近で何度か見ているが、背丈も幅もヴァルティスとそれほど変わらない。ヴァルティスは、レトヴィエ人としては稀に見る巨軀《きょく》の持ち主である。

「獣人の首長の血筋としては小柄だ、ということです。一般的な獣人としては平均値でしょうな。それに、あの獣人が変身したところも確認しましたが、間違いなく無翼でした。首長となる者の血縁は皆、成長すれば翼を持つものです。まず間違いなく、首長の血縁ではないでしょう」

獣人の中でごく少数だが、翼を持つ個体がある。有翼の獣人は翼を持たない者たちに比べ、知力や体力などあらゆる側面において先天的に優れている。

必然的に、集団の長には有翼の個体が収まることが多かった。また有翼の個体の子はほとんどの場合、翼を持って生まれるため、次第に首長は同じ血統の者が継ぐようになったと言われている。

「名前はユノ・ファといいましたか。ルーテゥの言葉でユノ山の子、という意味です。山を神と崇《あが》める彼らにとっては象徴的な名前ですから、もしかすると部族内でも由緒ある血統なのかもしれませんが。部族の中で重要な位置にいる者が、わざわざ山を下りて人間の領地をうろついたりはしないでしょう」

最後の言葉には、しごく説得力があった。ヴァルティスを含むその場の一同がうなずく。

「しかし、いずれにせよユノ・ファという獣人を保護したのは、ご賢明でした。陛下の仰《おっしゃ》る通り、『ルーテゥ族』は同胞を大切にする。もしも獣人を殺していたら、同胞たちから報復を受けることになったやもしれません」

駒としての使い道は限りなく無に近い。さりとて、殺してしまうわけにもいかない。『ルーテゥ族』を少なくとも敵に回さないようにするために、今後もあの獣人を手厚く保護するしかないのだろう。

いつまで保護するのか。ヴァルティスの城の使用人たちは毎日、獣人の存在に怯えている。だが一方で、レヴィと獣人の信頼は日増しに深まっていくようだった。

レヴィは、初めてできた友達が新鮮なのだろう。生まれながらに病弱で、ほとんど外に出たことのない異母弟は、城の中でずっと孤独だった。

一番仲のいいヴァルティスにさえ、控えめな微笑みを見せるばかりなのに、獣人といる時は楽しそうに笑っている。

獣人もまた、周囲から恐怖と嫌悪の目で見られる中、唯一偏見なく優しくしてくれるレヴィに頼りきっているようだ。

今、二人を引き離すのは得策ではない。それにもしかすると、レヴィとの信頼関係から、あの獣人が仲間との交渉を了承してくれるかもしれない。

（だがあれに、交渉などできるのか）

老学者の話によれば、獣人の知能は人間と同程度だという。レヴィも、あの獣人はレトヴィエ語を少しだけ喋《しゃべ》れるのだと誇らしげに報告してきた。

だがヴァルティスには、ユノ・ファという獣人がとても人並みの知能を持っているとは思えない。

湖畔の森で捕獲したあの時、生命の危険にさらされてなお、あの獣人はへらへらと笑っていた。無邪気に、無垢《むく》とさえいえる表情で。

並みのレトヴィエ人では敵《かな》わない、大きく逞しい身体。陽の光をたっぷりと受けて育ったような、野性味のある琥珀色の滑らかな肌。その顔立ちは南方の民族に似ていて、くっきりとした目鼻立ちは美しいといえるほど雄々しく整っていた。彼に獣の耳と尾さえなければ、女たちはたちまち色めき立って彼を射止めようとし、その子種を欲するだろう。

ヴァルティスが男として思わず嫉妬《しっと》するほど、その姿形は勇壮で美しく、雄の色気をその身にたたえていた。

なのに、あの中身はどうだ。

保護してから獣人と何度か謁見したが、湖畔で会った時と同じく、意味もなくへらへらと笑っていたり、かと思うともじもじしながら顔を赤らめ、そのくせ尾を犬のようにブンブンと振る。

まるで子供、いや、犬だ。レヴィが誇らしげに話せると言ったレトヴィエ語も稚拙で、子供のような喋り方が余計に幼稚に感じられるのかもしれない。

どちらにせよ、異種族間の交渉といった高度な依頼を遂行できるとは思えない。

利用価値がないのなら、あの獣人はただのお荷物だ。だが『ルーテゥ族』との関係を考えれば殺すことはできない。ならばこのまま、飼い続けるのか。

頭の痛い問題だ。執務室の窓に見える山脈を眺めながら、ヴァルティスは何度目かのため息をついた。

三

「じゃあユノ・ファ。次は『ィヨー』の文字を書いてみて」

目の前の小柄な家庭教師が、緑灰色の瞳を煌《きら》めかせながら「ィヨー」と、発音を繰り返す。その声はわくわくと弾んでいて、ユノ・ファも楽しくなった。

「あい」

机の上に置かれた一枚の塗板に、白墨で丁寧に文字を書く。塗板は、木の板に漆を丁寧に塗ったものだ。この辺りでは漆は高価なはずで、それが手習いの道具に使われていることに、最初は驚きを覚えた。

レトヴィエ王国は石炭業で細々と暮らす質素な国だと聞いていたが、さすがに王族ともなれば、希少な品を日常で使うことも可能なのだろう。

ユノ・ファにあげる、と目の前の家庭教師、レヴィがくれたものだ。僕はもう使わないから、と。塗板はよく使い込まれていた上、丁寧に保管されていた。

レヴィは塗板の価値をきちんと理解していて、それでなお、今のお前に必要だからと、

「獣人」であるユノ・ファに惜しげもなく与えてくれるのだ。

優しい王子に、ユノ・ファは心から信頼を寄せていた。

「……エッとね、『ィヨー』の文字わコレ。……『エ』の文字に、目がテンテン」

「正解。ユノ・ファは頭がいいんだね。ひと月で文字を完璧《かんぺき》に覚えるなんて！」

感激したように言われ、ユノ・ファは照れてしまった。

「レヴィ、教えるのじょうず」

そう言うと、レヴィも「そんなことないよ」と、顔を赤くする。でもお世辞ではなくて、本当にレヴィの教え方はわかりやすいのだ。

「ちょっと早いけど、お茶の時間にしようか。その後は、ユノ・ファが先生だね。ルーテゥの言葉を教えて」

「あい」

レヴィはくすりと笑って、部屋の外へお茶をもらいに行った。

一人になったユノ・ファは、塗板に書いた文字を眺める。レヴィからレトヴィエ語を教わるようになって、一か月。この城に来てもう二か月が経つのだ。

人間に捕まった時は死さえ覚悟したのに、今こうして異国の王の居城で穏やかに暮らしている。未だに不思議な気分だ。

レヴィを庇った後、意識を失ったユノ・ファは、あの湖畔から半日ほどかかるこのレトヴィエ王の居城に運ばれたという。意識を失ったままだったので、ユノ・ファは覚えていない。三日三晩眠っていたと、レヴィが教えてくれた。

目が覚めた時は、自分がどこにいるのかわからず怖かった。周りには人間がいて、傷の手当はされていたが、みんな怯えたようにユノ・ファを遠巻きにしていて、できれば近づきたくないようだった。触るなど、もってのほかだ。

目が覚めてもしばらくは、夢と現《うつつ》の境をさまよっていた。痛くて苦しくて、喉《のど》も渇いて空腹でたまらなかったけれど、人間が運んでくる水の器も食べ物の皿も、寝台から遠く離れた部屋の隅に置かれていて、取りには行かれなかった。

毎日、新しく取り換えられる水と食べ物を、犬のように舌を出して渇望していた。目の前にあるのに食べられない。それはただ空腹を抱えているより苦しかった。

――どうして彼の世話をしてくれないの？　彼は手負いで苦しんでる。人間を傷つけたりなんかしない。いいよ、誰もやらないなら僕がやる。

若い男の声がして、事態が一変した。

まず最初に、渇いた口に水差しが与えられた。ユノ・ファがあっという間に水を飲み干すと、次は重湯が一匙《ひとさじ》ずつ丁寧に口へ運び込まれた。

「焦らないで。よく口の中で含んで飲み込んでね。空腹の時に一度に食べると、身体が悪くなってしまうから」

目を開くと、優しく微笑む金髪の少年の姿が見えた。ユノ・ファが助けた少年だ。

「もう大丈夫だよ。兄上は君を保護すると仰った。君の安全は我がレトヴィエの国王が保証する。だから安心して休んで」

少年のレトヴィエ語は半分も聞き取れなかった。だが、少年の優しい笑顔と甲斐甲斐《かいがい》しい動きに、自分は助かったのだと理解した。

それから毎日、朝から晩までレヴィはユノ・ファの部屋に通い、喉は渇いていないか、傷の具合はどうか、親身になって世話をしてくれた。

目が覚めて一週間も経つ頃には、ユノ・ファの体力も回復していた。さすがに矢傷はまだ完治していなかったが、ユノ・ファを診《み》てくれていた医者が（後で知ったが、その医者は馬などを診る獣医師だった）、数日おきに怪我の様子を見るたびに、その治癒の早さに驚いた顔をしていた。

一方、レヴィは連日のユノ・ファへの看病で疲れが溜《た》まったのか、熱を出して三日ほど寝込んでしまった。

生まれつき身体が弱いらしい。二十歳《はたち》まで生きられないだろうと言われていたが、それ

でも昔よりは丈夫になって二十歳を過ぎても生きているのだという。

驚いたことに、少年だと思っていたレヴィは二十歳のユノ・ファよりも三つも年上だった。異母兄でレトヴィエ国王であるヴァルティスは、レヴィより一回り年上だという。

レヴィが床から起きられるようになる頃には、ユノ・ファも多少矢傷は痛むもののすっかり良くなっていて、レヴィはユノ・ファを部屋から連れ出し、お茶を飲んだり話をしたりするようになった。

しかも、そのうち傷が良くなったら出て行かされると思っていたのに、いつまでもいていいと言われた。

「兄上にも許可はもらってるんだ。というか、できればここに留《とど》まってほしい。城の外に出たらみんな混乱するし、また傷つけられるかもしれない。城内は安全だから」

ユノ・ファには信じられない幸運だったが、ありがたく世話になることにした。どのみちまだ、山には帰れない。

こうしてユノ・ファは獣人の身でありながら、レトヴィエ王の食客となった。

城内では最初のうち、ユノ・ファが部屋を出るたびに物々しい警護の兵が張りついていたが、レヴィが落ち着かないからと断ると、それ以後はほとんど見かけなくなった。今では彼らがつき回るのは、城の庭を二人で散歩する時くらいだ。

レヴィと過ごすうちに、獣人に対する手薄な警護や、レヴィがユノ・ファに何かと構ってくれる理由、それに宮廷の内情なども薄《う》っすらと理解し始めた。城にいる使用人や警護の兵たちが、ユノ・ファはレトヴィエ語がわからないと思い込んでいて、すぐ近くであれこれと喋ってくれたせいもある。

レヴィの母は、貴族ではない身分の低い女性だったようだ。母は出産の際に亡くなってしまい、生まれた子も病弱だった。レトヴィエの慣習に倣うなら、本来は王族として迎えられることのない存在だったらしい。

だが何か理由があって例外となり、先王の第二王子として国王家に迎えられた。ヴァルティスとレヴィの他に、生存している兄弟姉妹はいない。

しかし王子という肩書はあるものの、長くは生きられないだろうとみなされたレヴィは、宮廷ではほとんど重きを置かれなかったようだ。

王の居城からほとんど出たことはない、とレヴィ本人が言っていた。成人してもなんら役職は与えられず、城の図書室で本を読んだり、調子が良ければ庭を散歩したりする。そんな毎日だったようだ。

誰にも等しく優しいレヴィは、城の使用人たちにも愛されている。けれど使用人たちは皆、この不遇の王子に同情を寄せてもいた。レヴィがどうしてもと頼めば、周囲は大抵のことは叶《かな》えてくれる。

レヴィの異母兄、国王ヴァルティスは、自身も子宝に恵まれず、妃を早くに亡くしたことから、国王になる直前に十五歳年下の従弟《いとこ》を養子に迎えている。ヴァルティス即位後は、その養子が皇太子となった。その皇太子も皇太子妃もともに健康に恵まれ、一昨年すでに第一王子が生まれた。今は第二子を妊娠中だ。

レヴィは王位を継ぐ立場から外れ、病弱ゆえに仕事も与えられず、城の中で籠《かご》の鳥のように生きている。おそらくこの先もずっと、一生。

兄のヴァルティスは、彼を溺愛しているという。使用人たちも愛情深くレヴィに応対する。けれどそこには必ず、憐《あわ》れみがある。

その優しさが当人を救う一方で、憐れみの眼差《まなざ》しに同じ強さで傷つけられることを、ユノ・ファは知っている。自分とレヴィの境遇が、本当によく似ていたのだ。

持って生まれた運命を考えれば、周囲から勿体《もったい》ないくらい大切にされている。けれど一族での存在価値は羽のように軽い。

自分という存在が、周囲にいらぬ気を遣わせている。いっそ生まれてこなければ、大好きな人を困らせることもなかったのに。

首長の長子に生まれながら、ユノ・ファは普通のルーテゥと同じくらい小柄で、成人しても翼を持たなかった。父の兄弟も、その子供たちもみんな翼を持っているのに、ユノ・ファだけ翼がない。

母は早くに亡くなり、弟も幼くして亡くなった。父は時に厳しく、愛情をもって育ててくれたのに、ユノ・ファは彼の望む通りの息子になれなかった。

次代の首長には、ユノ・ファの従兄《いとこ》のウー・ファランという青年が推薦され、長老たちの間で正式に跡取りとして定められた。

ウー・ファランは首長の血の流れを受け、父や叔父《おじ》と同じくらい逞しく、聡明《そうめい》で魅力溢れる男だった。

ウー・ファランが首長の跡継ぎとなる儀式を終えた後、しばらくしてからユノ・ファは山を下りた。

翼を持たないまま、父の子供として一族に留まり続けるのが辛《つら》かった。誰もユノ・ファを責めない。そうしたことも稀にあるのだと、ユノ・ファのせいではないと慰める。

けれどユノ・ファが、首長の一族としてできることは何もなかった。翼を持った一族の者たちが空へ駆け上り、自分たちの責務を全うする。

けれど翼を持たないユノ・ファには仕事がない。山の土地は狭く、耕す畑も飼育する家畜も容易には持てず、十八の成人を過ぎても父に養われていた。

それが辛くて、故郷を出た。しかしただ不貞腐れて出奔するには、故郷の思い出は優しすぎた。

自分も誇り高きルーテゥ・ククに生まれたからには、何か仲間の役に立ちたい。

山を下り、世界を見てこよう。ルーテゥたちが恐れる人間をこの目で見て、彼らに接し、人間と獣人の間にある溝について、風評だけではなく実態を知りたい。

人間との関係が良くなれば、獣人は彼らを恐れることなく自由に山を下り、ことによっては人間に向けても商売ができる。そうすれば、自然の厳しい山岳地帯に暮らす一族の暮らしも、もっと楽になるのではないだろうか。

そんな望みを持って、ユノ・ファは故郷を出た。しかし山を下りて早々に人間に見つかって襲撃を受け、ほうほうの体で逃げ出す羽目になったのだった。

けれどそのおかげで、レトヴィエ王国の国王と王子に保護してもらえた。

優しいレヴィの境遇は自分とよく似ていて親近感を覚えたし、彼の内に秘めた芯《しん》の強さに気づくと、親しみは愛情に変わった。まだ出会って二か月だけど、レヴィのことは兄弟のように思っている。彼もまた、ユノ・ファに同じような愛情を持ってくれているのがわかった。

ひと月前からは二人で互いに、自分たちの言葉や文化について教え合っている。もっとレトヴィエの言葉がわかれば、レヴィ以外の人間たちとも理解を深めることができるかもしれない。

（ヴァルティスとも……）

レヴィの兄、レトヴィエ国王とはまだ、ここに来て数回しか顔を合わせていない。一度目はユノ・ファがまだ怪我で朦朧《もうろう》としていた時で、その後もちらりと顔を出すが、すぐに去ってしまう。

一度、助けてくれたお礼を言ったけれど、下手なレトヴィエ語が通じなかったのか、眉間に皺を寄せただけで無視されてしまった。

ユノ・ファはヴァルティスが少し怖い。怖くて、でもなぜか彼に惹《ひ》かれる。

（態度は怖いけど、優しい人だし）

ヴァルティスはユノ・ファを助けてくれた。ただ殺さないだけでなく、自分の城まで連れて帰って手当をしてくれた。

城の人たちが獣人に怯えながらも、毎日ユノ・ファに快適な衣食住を用意してくれるのも、ヴァルティスの指示だという。

——兄上は厳《いか》めしく見えるけど、本当はとても優しい方なんだ。本来なら王族になれなかった僕を、本当の弟として愛してくれる。

頬《ほお》を染めて言ったレヴィは、とても嬉しそうだった。

森で会った時も、ヴァルティスはレヴィの身を案じ、必死で彼の名前を呼んでいた。本当に心から愛しているのだろう。

この城で何度か顔を合わせた時も、ユノ・ファを見ると眉根《まゆね》を寄せるのに、レヴィに視線を向けた途端、その表情を和らげる。優しく微笑むことすらあった。そんなヴァルティスを見ると、自分に笑顔を向けられたわけでもないのに、胸がドキドキと高鳴る。

金色の鬣を持った勇壮なヴァルティス、初めて彼を見た時から特別な感じがした。理由はよくわからない。けれど彼に優しくされたら、どんなにか幸福だろうと、この頃よく夢想する。

（人間の王様が、俺なんか相手にしてくれるわけないけど）

わかっていながらも、ユノ・ファは次にヴァルティスが顔を見せてくれる日を、心待ちにしていた。


ユノ・ファの願いは、思っていたよりも早く叶えられた。

その日、レヴィといつものように家庭教師をし合い、二人で夕食を食べた。子供の頃から独りぼっちで食事をしていたらしいレヴィは、ある時からこうしてユノ・ファとできる限り一緒に食事をするようになった。

レヴィは兄のヴァルティスと同じ城で暮らしているが、広い上にヴァルティスが多忙なため、どちらかが会いに出向かなければまず顔を合わせることはない。

レトヴィエの人々が「城」と呼ぶ王の居住区は、特別豪華とはいえないが堅牢で機能的な作りの屋敷で、棟が東西に分かれている。東の本棟がヴァルティスの住まいで、西の離れと呼ばれる棟にレヴィが住んでいた。ユノ・ファはさらにその端っこに部屋をもらっている。

さらに大きな庭を挟んだ東側に、政務や国家行事を行う棟があるが、こちらは宮殿、宮廷と呼ばれて居住区とは明確に区別されていた。ユノ・ファは庭からちらりと外観を見ただけだが、宮殿と呼べるくらいには、比較的瀟洒《しょうしゃ》な建物だった。

昔、本の絵にあった人間の「宮殿」は、もっと豪奢《ごうしゃ》でごてごてしていたから、飾り気のない城内に最初は拍子抜けしたけれど、レトヴィエという国はルーテゥ族と同じく、華やかさや見栄えより、質や機能性を重視するお国柄らしい。

ヴァルティスはその国民性を体現したような質実剛健の王だと噂で、実際に一日のほとんどを宮殿部分で過ごしている。

食事も執務室で摂《と》ることが多いのだと、レヴィが言っていた。身体の弱いレヴィの健康ばかり気にするけれど、頑健さを過信して自分のことを顧みない、仕事人間の兄が心配なのだそうだ。

兄弟どちらも思い合っている様子が微笑ましく、ユノ・ファはまだ数回しか顔を合わせていないヴァルティスにますます好意を持った。

あの金髪の美丈夫を思い、次に彼と顔を合わせた時のために、もっとレトヴィエ語を勉強しようと張り切っていた。

だからその夜、唐突にヴァルティスから呼び出された時は、びっくりしたものだ。

ユノ・ファはその日もレヴィと夕飯を摂り、お湯をもらって沐浴《もくよく》を済ませた。故郷にいた時も身体は毎日洗ったけれど、寒さの厳しい冬場以外は、水で洗うことが普通だった。ここでは毎日お湯がもらえるから嬉しい。

耳の先から尻尾まで綺麗《きれい》にして、乾いた布で丁寧に拭《ふ》いた。さっぱりした身体で寝台に入ったところで、ヴァルティスから呼び出しを受けたのである。

迎えに来た城内警護の兵士たちとともに、ユノ・ファはその夜初めて、ヴァルティスの私的な居室を訪れた。

ユノ・ファに与えられた部屋からヴァルティスのいる東の棟まで、かなり距離がある。渡り廊下を警護兵に促されるまま歩き続け、やがて奥まった部屋に通された。そこは王の書斎なのか、窓際に大きな書斎机があり、暖炉の近くに数人がかけられる立派な丸テーブルが置かれていた。

ヴァルティスはその丸テーブルに座って、銀の杯を手にしていた。

「夜分遅くにすまない」

仕事を終えてくつろいでいたのだろう、ヴァルティスはこれまで会った時にはいつも、脛《すね》の辺りまである、長い外套《がいとう》のようなものを着ていた。黒っぽい上等な生地に、金銀の立派な刺繍《ししゅう》を施したものだ。

だが今は、ユノ・ファが着せてもらっているのと同じ、裾《すそ》と袖のゆったりとしたチュニックとズボンを身につけていた。

金の髪もいつもは後ろに流して一筋の乱れもなく整えられているのに、今夜は軽く乱され、聡明そうな白い額に前髪が幾筋か零れていた。

厳めしい王のとても私的な部分を見せられた気がして、ユノ・ファはどぎまぎしてしまった。おかげで最初に何か声をかけられたのに、まったく聞いていなかった。

ぼんやりするユノ・ファを、ヴァルティスは胡乱《うろん》な目で見る。眉間にわずかに皺が寄っていた。

「あの」

「まあいい。レトヴィエの言葉が少しはわかるのだったな?」

「あ、あい」

今度は聞き漏らさないように集中した。こくりとうなずき返事をすると、どうしてか眉間の皺はさらに深くなった。何かまずいことを言っただろうか。

「……そこに座ってくれ。誰か、もう一つこれと同じ杯を」

促され、ヴァルティスの前に恐る恐る座った。すぐさま使用人が銀の杯を持ってくる。ヴァルティスはテーブルの上の銀製の酒瓶を取ると、手ずから杯に酒を注《つ》いでユノ・ファの前に差し出した。

「獣……『ルーテゥ族』も酒を飲むと聞いた。まずは飲もう」

ルーテゥでは、親睦《しんぼく》を深めるために酒を酌み交わす習慣がある。人間も同じなのかもしれない。ここに来るまで、何の話があるのか不安だったが、それも瞬時に吹き飛んだ。ヴァルティスは、どうにかユノ・ファと親睦を深めようとしているのだ。しかも、彼はユノ・ファを「獣人」とは言わず、部族の名前で呼んでくれた。それも嬉しかった。

「酒……ぶどー酒」

　ここでは、食事の水代わりに出てくる。

「いや、これはルキゥという、林檎《りんご》でできたレトヴィエ名産の蒸留酒だ。蒸留酒というのは葡萄《ぶどう》酒よりもきつい……強い酒だ」

「リゴ？　きつい……？　強いの平気。ありがとごじゃあます」

　たどたどしく言うと、やっぱり眉間に皺が寄ったが、何も言われなかった。軽く杯を掲げて二人同時に酒を飲む。

　あらかじめ強い酒と言われたが、確かに喉が焼けるような酒だった。ルーテゥ族の酒よりもさらに強い。けほっと小さくむせると、目の前の男が微《かす》かに笑ったような気がした。

　だがハッと目を向けると、ヴァルティスはいつも通りの、感情の起伏のないいしかつめらしい顔のままだった。

「怪我の具合はどうだ」

　酒を飲んで少し落ち着いたところで、唐突にぽん、と言葉を投げられ、戸惑った。

　ヴァルティスの声は低音で、レヴィよりも早口だ。いや、レヴィがゆっくり話してくれているのか。

「通じていないか？　ああ……」

「いっ、イイエ、オレの言葉ワわかるます。ケガーのグァーイ、ダイブいいッス」

「…………」

「痛いの痛くない。ルーテゥ・ククはすぐ治る。じぇんじぇんヘーキ」

目の前の眉間の皺がどんどん深くなっていくので、ユノ・ファは焦って言い募った。レヴィが相手だと、もっと自由に語彙《ごい》を思い出せるのに、上手く話さなくてはと焦れば焦るほど単語が出てこない。発音もおかしくなる。言葉を聞き取るのは得意だが、喋るのは苦手だった。

失敗を挽回するべく言い直そうとすると、目の前で手を挙げて制された。

「良くなっているならいい」

その顔がどこか苛立《いらだ》たしげだったから、ユノ・ファの心はしょんぼり沈んだ。

（ヴァルティスも、獣人が嫌いなのかな）

自分を助けてくれたし、レヴィの兄だし、今こうして酒を一緒に飲んでくれるくらいだから、獣人の自分を受け入れてくれているのだと思い込んでいた。

けれど普通の人間は、獣人を恐れて嫌っている。レヴィが特別なのだ。ヴァルティスも受け入れようとはしてくれているようだが、本心では嫌悪しているのかもしれない。

人間に嫌われていることなんてわかりきったことなのに、目の前の男に自分が嫌われているのだと考えた途端、激しい悲しみが襲ってくる。

この美しい男に好かれたかった。けれど、どうすればいいのだろう。

「我が国には、ルーテゥ族の言葉をきちんと理解する者がいない。お前と引き合わせた年老いた学者も、お前たちの生態には詳しいが言葉は喋れない」

ヴァルティスは、沈み込むユノ・ファの様子に気づいていないのか、あるいは気づいていてもどうでもいいことなのか、淡々とした口調で再び口を開いた。

「言葉が通じないのなら、尋ねる意味もないと思っていた。お前がここに来てふた月、素性や我が国に現れた理由を誰も聞かなかったのは、そのためだ。だがお前はレトヴィエの言葉を理解しているのだな。レヴィからも言葉を習っているとか」

今度は少しゆっくり話してくれたので、おおよそ理解できた。

「あい。言葉ならてる。レヴィ……レヴィおじ、教えるのじょうず」

「そうか」

レヴィの話題だからだろうか、ヴァルティスがほんのわずかだが微笑んだので、ユノ・ファは嬉しくなった。

「ならば、私とも会話ができるな。いろいろと尋ねたいことがある」

「あ、あい。あい」

こくこくと何度もうなずくと、またもやヴァルティスの眉間に皺が寄ったが、私はお前と話をしたい、お前のことを知りたい、というようなことを言われてドキドキした。

ヴァルティスも獣人のことを理解しようとしている……そう考えるのは、楽観的すぎるだろうか。

「なんでも聞いて」

姿勢を正して言うと、ヴァルティスは奇妙なものを見る目になった。だがすぐに銀杯を呷《あお》り、新しい酒を注ぐ。ユノ・ファの杯にも注ぎ足した。

「くつろいでくれていい。最初に断っておくが、これは尋問ではない。安心していい。……意味がわかるか？　つまり、私はお前を理解したいということだ」

「あい」

やはりそうだ。ヴァルティスも獣人を理解しようとして、こうしてユノ・ファを呼び出したのだ。

「名前はユノ・ファというのだったな」

「あい。私の名前はユノ・ファでぃす。年はにじっさい」

「にじ……二十か。ルーテゥ族では成人、大人か？」

「あ、あい。ルーテゥ・ククはじう八、大人」

「では立派な成人男性というわけか。ルーテゥ族は山の中に田畑を作り、家畜を飼って暮らしていると聞く。人と交わることは滅多にないと。それがなぜ、山を下りて我々の国に来た。その目的は？」

言葉が長くて、少し混乱した。どうして人間の領域に足を踏み入れたのか。それが、ヴァルティスが尋ねたいことらしい。

それは当然の質問で、なぜ獣人が現れたのか、誰もが知りたいことに違いない。ユノ・ファは少ない語彙を必死に頭の中でこねくり回し、なんとか伝えたいことを言葉にしようとした。

「俺、人間と、仲良くなりたい……でぃす」

「仲良く？」

とんでもないことを言われた、というようにヴァルティスの眉が引き上がったので、ユノ・ファは慌てた。獣人と仲良くなんて、人間にとってはとんでもないことなのだろう。

「な、仲良し。ルーテゥ、怖くない。何もしない。人間、殺さない、し、食べない」

「わかっている」

必死で説明するユノ・ファを、ヴァルティスは手を挙げて制する。また、勝手に喋りすぎたらしい。だが男の苛立った表情に一瞬だけ、同情のような色が浮かんだ。

「お前が、いやルーテゥ族が安易に人を襲うものではないというのはわかっている。そうでなければ、弟と二人きりで会わせたりはしない。我々人間はむやみにお前たちを恐れているが、ほとんどが誤解によるものだ」

獣人はその獰猛な爪と牙で人を襲い、人肉を好んで食べる。そんな噂が人間の社会ではまことしやかに語られていると、ユノ・ファは聞いたことがある。

実際の獣人は安易に人間を襲ったりはしない。自分たちの身が人間たちによって脅かされた時だけ、身を守るために戦うのだ。

そのことを、ヴァルティスはわかってくれているようだった。

「私も、この偏見と誤解をなくし、人間と獣人が仲良くできればいいと思っている」

「ほ、ほんとに」

「ああ。しかし、我々は獣人に関して知らないことが多すぎる。そちらも我々を知らないだろうが。だからお前の話を聞かせてほしくて、今夜ここに呼んだ。だがあいにく私は多忙で、だらだらとお喋りに興じる時間はない。私が尋ねたことにだけ答えてくれ」

「あ、あい」

「質問を変えよう。お前に家族はいるか」

「……父だけ」

「母や兄弟は？」

「母、は死にますた。オトトを産んだ時。オトトは、頭打って死んだ」

悲しかったと言おうとしたが、余計なことを言うとまた相手を苛立たせそうなので、黙っていた。

「では、一人息子というわけか。大人で一人息子なのに、父の仕事の手伝いをしなくていいのか？」

なんとなく、ヴァルティスが最初から何を尋ねたかったのかわかってきた。普通の獣人は、山を下りたりしない。彼はユノ・ファの素性が知りたいのだ。

本当のことを話すべきか、ためらった。山を下りた理由を話せば、ユノ・ファが出来損ないの情けない存在だということが、彼に知られてしまう。無性に恥ずかしくて、できれば隠しておきたかった。

だが、ヴァルティスは獣人を理解し、仲良くしたいと言う。ユノ・ファと同じ志を持っているのだ。ならば、包み隠さず打ち明けるべきなのかもしれない。

「なぜ黙っている。言葉がわからないか？」

「あう、イイエ。話すます。俺、ダメなルーテゥだから。父の仕事できない」

「ダメ？　どういうことだ」

「……ルーテゥ・ククはたまに、空飛ぶます。ところが俺、飛ぶない。だからダメ」

途端、目の前の緑灰色の双眸が大きく見開かれた。

「お前は、首長の血筋なのか？」

「う……しゅ、ちょ？」

「お前の父はルーテゥ族の王か？　お前はその息子か。飛ぶというのは、翼を持っているということだろう」

「あい。でも俺、おじ、じゃない。次の王は、別のルーテゥ。父のオトトのコドモ。ハネあるから」

「首長の血筋でも、翼のない獣人がいるのか」

改めて言われると恥ずかしかった。ユノ・ファは顔をうつむける。

「あまりない。しかし、たまにある。王の子ツバサないの、ダメなルーテゥ。仕事ない。つらい。だから家出た」

できれば言いたくなかった。ヴァルティスは軽蔑《けいべつ》しただろうか。だがちらりと相手を見ると、予想外に真剣な顔をしてこちらを見据えていた。

「ダメ、とは？　仲間からいじめられるのか？　だから出てきたのか」

「いじめ？　ない。それはない。みんな優しい」

「ではなぜだ。山にいた方がいいだろう。そんなに大切にされていたのに？」

ヴァルティスは、ユノ・ファの出奔の理由にこだわっている。こちらが不思議に思うほど真剣だった。こちらが話す内容を、一言も聞き漏らすまいとしている。何がそんなに知りたいのだろう。

「エッと俺、レヴィと一緒」

「レヴィ？　私の弟と？」

獣人と一緒、などと言われたヴァルティスは心外そうに眉をひそめたが、ユノ・ファはうなずいた。

「レヴィも、おじ。でも、次の王は、別の人。レヴィ、からだ弱い。仕事ない。寂しい。でも、みんなレヴィ好き。レヴィもみんな好き。でも寂しい。みんな好きだから余計に。俺も同じ。山でわダメなまま。仕事ない。だから家出た。外で、ルーテゥ……幸せにするの仕事、探す」

訥々《とつとつ》と、言葉を思い出しながらゆっくり話すのを、ヴァルティスは黙って聞いていた。

「その仕事というのが、人間と仲良くすること、か？」

「あい。ルーテゥと人間、モノ売る、買う。あと、ルーテゥができること、人間ができないことする。ルーテゥと人間、楽なる」

山にしかないもの、地上にしかないものがある。人間と通商を行えば、ルーテゥはもっと豊かになれる。人間も同じだ。商売だけではない、知識や技術、人材といった面でも、交換し合うことで互いの発展に繋《つな》がる。

それはユノ・ファだけが考えたことではなく、ルーテゥ族の間に長くあった課題だった。人と手を結ぶか結ばないか。結ぶとすれば、どう交渉すべきか。

何代も前から首長の一族の中で議論されてきたが、ユノ・ファの父は人間との共生に反対する保守派だった。だがその跡取り、ユノ・ファの従兄で次代首長となるウー・ファランは革新派だ。

ユノ・ファは自分たちの世代で、人間との共生を実現させたい。もし一代では無理でも、次の世代に繋げたい。そのためにはまず、人間と獣人の間にある溝を埋めて友好を結ぶべきだ。

ルーテゥにいろいろな性質の者があるように、人間も様々だ。まずは彼らを知り、友好を結べそうな集団を探す。集団は国でなくても構わない。

何もかもを一人でやろうとは思っていない。ユノ・ファは世間知らずだし、人間は策略に長《た》けていると聞く。そもそも部族の中で何の力も持たないユノ・ファが、部族や国家間の高度な交渉をするのは難しい。

ユノ・ファがやろうとしたのは、その交渉の前段階、従兄のウー・ファランが首長になった時、二つの集団が同じテーブルにつけるよう、取っかかりを作ることだった。

(ていうのを、レトヴィエ語でなんて言えばいいんだろう)

ヴァルティスも同じことを考えているのなら、これは大きなチャンスなのだ。細かい言い回しを悩んでいると、目の前で男が満足そうにうなずいた。

「これは神の采配《さいはい》か」

よくわからない単語だったので、ユノ・ファは首を傾げた。だがヴァルティスは答えず、暗い窓の外を眺めて独り言を呟《つぶや》いていた。

「上手く使えば、まだ我々にも生き延びる術《すべ》はあるかもしれないな」

四

レトヴィエは今、未曾有《みぞう》の危機に見舞われていた。

この百年余、外憂内患を嘆きながら決定的な危機は訪れず、レトヴィエの人々はいつか来る災厄に怯えながらも、どこか安穏としていたのだ。

だが、その日はついに来た。

東に興り、次第に勢力を伸ばしつつあった夷狄のカガン帝国が、大軍を率いて山脈の裏側までたどり着いたのである。

これまでも、夷狄が山を越えて西方に進出しようと試みたことはあった。しかしいずれも、ユノの険しい山々と自然の厳しさに進軍を阻まれ、失敗に終わっていた。

この数百年、幾度となく夷狄の侵攻に怯えながらも、レトヴィエは既のところで難をのがれてきたのだ。

レトヴィエは常に東方への監視を行いながら、いつものように頓挫《とんざ》するだろうと心のどこかで高をくくっていた。

だが今回ばかりは違っていた。

決して山を越えることのなかった夷狄の斥候が、山を越えてレトヴィエの領内に姿を現したのである。

「斥候部隊の規模から考えて、目的は偵察のみかと。奇襲までは想定していなかったでしょう。部隊はほぼ壊滅させましたが。取り逃がした数名が、そのまま山で朽ち果ててくればいいのですが」

レトヴィエの宮廷奥深くにある、「銀の間」と呼ばれる広間で今、ヴァルティスを含めた数名の男たちがテーブルを囲んでいた。

銀の間という名が不釣り合いなほど、部屋は一切の装飾がなく、窓もない。家具も中央にテーブルと椅子《いす》があるだけだ。この部屋には代々、王とその側近のみが立ち入ることを許されていた。

「しかし今は、最悪の状況を想定しておかなければならない」

ヴァルティスの言葉に、一同は重苦しく息をついた。最悪の状況を想定したとして、それを打破する策がこの国には何もないからだ。

国境警備隊から、夷狄の斥候部隊を発見したと知らせを受けて半月、山脈側の国境警備を倍に増強した。十倍にも増やしたいところだが、それだけの兵力がレトヴィエにはない。

外国から毎年買い入れている武器の数も増やし、正規兵の他、普段は商人や農民である予備兵をすでに招集している。

民たちへは山の向こうに夷狄の軍が迫っていることを告達し、避難の準備をさせていた。

最悪の事態に向けて、すでに国は動いている。できることはすべてした。

だがそれは、国としての攻防の準備ではない。人々が国を捨て、逃亡するためだけの備えだった。

夷狄の軍が山を越えて侵攻した時、レトヴィエという国は滅亡する。無敵といわれた東方帝国軍の襲来を防ぎ、撃退するだけの国力がレトヴィエにはないのだ。

「しかし、夷狄が山を越えられるとは……」

重臣の一人が呟く。斥候を確認してから、人々の口に幾度となく上った言葉だ。まさか獣人たちの住む山を越えられるとは、誰も思っていなかった。

「ルーテゥ族が夷狄に加担したとは、本当に考えられないのでしょうか」

「それについては、義父上《ちちうえ》がすでに仰られた通りだろう。夷狄の行軍はかねてから、ルーテゥ族の中でも最大の脅威だった。今回の斥候部隊の山越えも、ルーテゥ族にとっては寝耳に水の出来事だったはずだ。私もあのユノ・ファという獣人と会ったが、首長の息子とは思えない朴訥《ぼくとつ》な青年で、とても嘘《うそ》を言っているようには見えない」

重苦しい部屋の空気を破るように凜《りん》とした声を上げたのは、ヴァルティスの養子で皇太子のオルゲルト・レトヴィエだった。

オルゲルトの実父は先王のすぐ下の弟で、ヴァルティスとオルゲルトは年の離れた従兄弟にあたる。

ヴァルティスは皇太子時代に妻を亡くし、その後に囲った数人の愛人との間にも、子供には恵まれなかった。

そんな中で先王が急逝し、ヴァルティスが王に即位したことで空位となった皇太子位を早々に埋めるべく、王族の中から有望な子供を養子にしたのだった。

オルゲルトは今年で十九歳。若さゆえに時に感情が先走ることがあり、実父に似て人の良すぎるきらいもあるが、決して暗愚ではない。

何より今、ヴァルティスが欲する柔軟な頭を彼は持っていた。家臣への思いやりもあり、彼の成長を我が子や孫のように思う重臣たちは多い。

そのオルゲルトが、城内で保護している獣人に対して好意的な意見を持っている、というのは重要なことだ。

(やはり、先にオルゲルトとユノ・ファを会わせておいて正解だったな)

表情は変えないまま、ヴァルティスはひっそりと満足の息を漏らす。

ユノ・ファをオルゲルトに引き合わせたのは、つい昨日のことだ。皇太子に会わせるにあたって、ユノ・ファには頭に布をかぶせ、長いマントを身につけて耳と尻尾を出さないように言いつけた。

それらさえなければ、見かけは人間と変わらないからだ。視覚から受ける印象というものは大きく、獣人と会うことに内心では戦々恐々としていたらしいオルゲルトも、ユノ・ファの姿を見て拍子抜けしたような顔をしていた。

さらにユノ・ファが、あのたどたどしくも一生懸命なレトヴィエ語で「人間と仲良くしたい」という自らの夢を語ってみせると、オルゲルトは一気にこの獣人へ好感を抱いた様子だった。

「オルゲルトの言う通り、この時期にユノ・ファが現れたのは偶然だろう。夷狄の軍についたというならなおのこと、目立つ獣人が領内をうろつくはずがない。何より奴らが北山から現れたのが、ルーテゥ族を避けてきた証拠だ」

ヴァルティスがオルゲルトの言葉を後押しすると、一同は納得したようにうなずいた。

皆も理屈はわかってはいるが、大丈夫だという言葉がほしかったのだろう。今、この場の誰しもが不安なのだ。

「それにしても、あの北山を越えてくるとは……。北側から攻められれば、我々に打つ手はありません」

家臣の一人が嘆くように呟く。

夷狄の斥候が現れたのは、ユノ山脈でもっとも険しいとされる北方の山だった。東南から現れる夷狄の行軍は、いったん北に向かって大きく迂回《うかい》した後、気温の上がる晩春から夏にかけたこの季節に山を登ってきたのだろう。

時期を考えれば、おそらくは昨年の夏から、寒さが一段と厳しくなる冬にかけて北へと軍を進めたはずだ。北方の山の裏側はレトヴィエ王国よりさらに冬の厳しい極寒の地で、冬の行軍は死を意味する。

大胆というより正気の沙汰《さた》とは思えないが、ルーテゥ族の住処《すみか》が山脈の南側に偏っていることを考えると、やはり夷狄はルーテゥ族の目を避けてわざわざ北方を選んだのだとも推測できる。

ヴァルティスは斥候の第一報を受けた直後、こうした推測からユノ・ファを自室へ呼び出した。

あれからほとんど毎晩、ユノ・ファを呼んではルーテゥ族の情報を引き出している。

相手に警戒心を持たせないよう、最初はただユノ・ファがレトヴィエの領内に現れたわけを知りたいのだと話したが、そうした駆け引きは無用だとすぐにわかった。

ルーテゥ族というものは皆そうなのか、それとも彼だけが世間知らずなのか、およそユノ・ファは人を疑うことを知らない。

毎晩、こちらが呼び出すたびに嬉しそうにやってきて、尻尾をパタパタと振る。ヴァルティスが、「自分も獣人と仲良くしたいと思っている」と言った方便を頭から信じているようだった。

彼を夜ごとのように呼びつけるのは必要に駆られてのことだったが、手放しに喜ばれると居心地が悪くなる。おかげで目を煌めかせてやってくるユノ・ファと対照的に、ヴァルティスはこの夜の逢瀬《おうせ》が日に日に憂鬱《ゆううつ》になっていた。

だが、ユノ・ファから得られた情報は有益だった。ヴァルティスはずっと以前から考えていた自身の策を実行に移すことにした。

この話を、今まで誰にも告げたことはなかった。昔からただ、ヴァルティスの頭の中だけにあったものだ。

南よりじわじわと北上する夷狄の帝国が山を越えて現れた時、レトヴィエは滅びる。避ける方法はないのだと、ヴァルティスが幼い頃、父王は言っていた。

ヴァルティスもそう思う。策はない。ただ一つを除いては。

それは奇《く》しくもユノ・ファが語っていた夢「人間と獣人が仲良くする」ということだっ

た。もっとも、ヴァルティスの考える「仲良く」というのは、ユノ・ファが考えるそれとだいぶ違うものだったが。

「打つ手が一つだけある。ルーテゥ族と手を結ぶことだ」

一同を見回す。そこに驚きの色はなかった。だが、希望の色もない。

「他に策はないと思うが。どうだ」

「恐れながら……。夷狄の軍さえ恐れをなす獣人が味方になるなら、頼もしいことでしょう。が、獣人が承知してくれるとも思えません」

これが数年前ならば、おそらくヴァルティスの案は家臣たちに一蹴《いっしゅう》されていただろう。ユノの山々を支配してきた獰猛で残虐なケダモノ、人に似た姿をして人を食らうという獣人と、手を結ぶなど平時では考えられなかった。

それが、頭の固い老臣に「味方してくれるなら頼もしい」とまで言わせるのは、それだけ切羽詰まっているからだ。誰しも藁《わら》にでも縋《すが》りたい気持ちなのだった。

だが、そう上手くはいかない。数百年もの長い歳月、人間は獣人を忌み嫌ってきた。それこそ夷狄の軍よりも、獣人の方が脅威だったのだ。

嫌悪を向けてきた異種族に対して、自分たちが困っている時だけ味方になってくれ、と泣きつくのは虫の良すぎる話だ。これが逆の立場なら、人間は獣人の話に耳など貸さないだろう。

「以前は無理だった。だが今、我々の手の内にルーテゥ族の首長の子がいる。彼が現れたのは偶然だが、この時期というのは天の采配ともいえるのではないか」

「しかし、そのユノ・ファという獣人は翼を持たない、跡継ぎではないのでしょう」

「ああそうだ。だが一族からつま弾きにされているわけではない。むしろ父である首長や血族のものは彼に同情し、並みよりも大切にしていたようだな」

だからこそ、あのまま故郷にいるのが辛かったのだとユノ・ファは言っていた。レヴィと同じだと言った時の真っ黒な瞳が悲しげで、それを見てもどかしさとも苛立ちともつかない、自分でもよくわからない感情が沸き上がったのを覚えている。

しゅん、と耳を伏せた悲しげな獣人の表情を思い出し、ヴァルティスは急いでその残像を振り払った。彼に覚えたのは感傷か同情か、いずれにせよ、今はどうでもいいことだ。

「まずはユノ・ファを味方につける。幸い彼は、人間に興味を覚えているようだ。彼を味方につけ、ルーテゥ族と交渉をさせる」

「それは……」

そう簡単にいくのか、と多くの目が語っている。決して簡単ではないだろう。だが勝算はある。ヴァルティスは「アンドリュス」と、オルゲルトの隣に座る老臣の名を呼んだ。

「あなたなら聞いたことがあるだろう。数百年前、外国で二つの国の王と王子たちが同盟のために婚姻を交わしたという」

老臣アンドリュスは意表を突かれた顔になり、他の者も唐突な話題に困惑していた。

「私も昔、歴史書で一度見たことがあるだけだが。敵対する国同士、それぞれの国の王に、相手国の王子……王族の男子が花嫁として嫁いだ。彼らの婚姻関係によって二国は手を結び、第三の勢力に勝利したという」

王に王子が嫁ぐ、というのはもちろん普通の婚姻ではない。王族の男が女として嫁がされるのだ、当の王子たちにとっては屈辱だったに違いない。

だがこうして互いに王族の男子を差し出すことによって、女子を嫁がせるより婚姻による盟約は特殊で確かなものになる。嫁いだ王子たちは人質であり友好のための供物だ。

「確かに、そうした例はありましたが、しかし」

アンドリュスが言いにくそうに口ごもった。ユノ・ファがその王子なら、それを娶《めと》るのは王のヴァルティスということになる。

さらに言えば、交換条件として花嫁役の王子を相手に捧げなければならない。そこで誰しもが、王位継承権を持たない病弱なレヴィを思い浮かべるだろう。

だがヴァルティスは、最愛の弟を獣人の人質になどやる気はなかった。歴史書にあったのはあくまでも前例であり、レトヴィエと獣人が対等な同盟を結ぶ必要はないのだ。

まずはユノ・ファを懐柔……いや、籠絡《ろうらく》する。ヴァルティスは確信していた。

あの、ヴァルティスを見る黒く潤んだ瞳。あれは焦がれる者の眼差しだ。やり方さえ間違えなければ、その心を摑《つか》むことができる。

儀礼的な婚姻、人質としてユノ・ファを得るのではなく、彼が自ら望んで人間の腕に身をゆだねるというわけだ。

彼の心をヴァルティスに向けさせることができたなら、あのひたむきで世間知らずな獣人は、きっと懸命にヴァルティスの役に立とうとするに違いない。それこそ忠犬のように。

獣人の籠絡を画策していると知ったら、家臣たちは王のすることではないと嘆くかもしれない。

だが国を、民を守ることが王の役目だ。そのために、誇りや命さえかけなければならない。少なくともヴァルティスは、幼い頃からそう教育されてきた。相手が異種族であろうと、この未曾有の危機を脱するためならば手段など問わない。

ユノ・ファの心を得るために、ヴァルティスは道化にでも男娼《だんしょう》にでもなるつもりだった。

このところ、よく晴れた日が続いている。夜でも暖かくて、暖炉に火をくべることもなくなった。レトヴィエに短い夏が訪れようとしていた。

「今日は天気がいいから、庭で昼食を食べようか」

いつものレトヴィエ語の授業の終わりに、レヴィが言った。窓からも色とりどりの草花が咲き乱れているのが見える。ユノ・ファは「あい」と勢いよくうなずいてから、「はい」と言い直した。

先日、ヴァルティスに発音を注意されたのだ。あい、あいと返事をしていたが、それがひどく子供っぽく聞こえると言われた。教えられた通りに喋っているつもりだが、レトヴィエ語の特定の子音がユノ・ファにとっては難しい。

レヴィが先生の時には、発音を細かく直されることはない。それよりも語彙や言い回しをたくさん覚えられるようにしてくれるのだが、ヴァルティスは完璧主義なのか、ちょっとした発音も直されるので厳しい。

ユノ・ファが難しい顔で「あい」だの「はぁい」だのと繰り返していると、レヴィはくすりと笑った。それからレトヴィエの言葉ではなくルーテゥ族の言葉で、

『ユノ・ファは、すごくレトヴィエ語じょうず、なった。前よりも』

たどたどしく言った。

『レヴィも、こんなに短い間にすごく上達したね。最近は特に、上達が早くなってる』

最初から飲み込みが早かったけれど、このところ特に上達が早い。発音もそうだし、会話に出てくる語彙もびっくりするほど増えている。こんな単語を教えたかな、と首を傾げるほどだ。わざわざ教えなくても、ユノ・ファがルーテゥ語で喋る単語を聞き拾っているのかもしれない。

ユノ・ファがルーテゥ族の言葉でそのことを褒めると、レヴィはなぜか「そうかな」と焦った様子で、顔を赤くしながらそっぽを向いた。

「ありがとう。最近、夜に復習をしてるんだ。それより庭に行こう、ユノ・ファ。僕、お腹空《す》いちゃった」

慌ただしく部屋から出ようとするレヴィは、顔色も良く元気そうだ。けれどユノ・ファは、彼が夜まで勉強していると聞いて心配になった。

今はもうすっかり良くなっているけれど、少し前にレヴィは熱を出して数日寝込んでいたのだ。

夜に窓を開けっ放しにしてしまったからだと言い、軽い風邪《かぜ》だと医者にも言われたそうだが、何日も床から起きられずにいた。

「ヴァルティスも心配してた」

頭巾《ずきん》をかぶり、薄物のマントを羽織って、部屋を出るレヴィの後に続く。最近、城内を歩く時はこの格好をしている。ヴァルティスにそうするよう言われたのだ。

人は、おそらくは獣人も、見た目で相手を判断する傾向がある。ユノ・ファの人とは決定的に違う部分、耳と尻尾に、人々は異端を認識するのだとヴァルティスは言っていた。

逆に言えば、それさえ見えなくしてしまえば、人は獣人を見てもさほど警戒心を抱かないだろうと。

最初は半信半疑だったけれど、すぐにヴァルティスの考えが正しいことがわかった。

ユノ・ファの耳と尻尾を見て気まずそうに目を逸《そ》らしたり、逆に落ち着かなげにちらちらとそれを見ていた人たちも、まっすぐユノ・ファの顔を見てくれるようになった。

毎日食事や身の回りの世話をしてくれる侍女は、会うと必ず怯えたような顔をしていたが、この格好をして短く言葉をかけるようになってから、少しずつ態度が軟化している。

その変化が嬉しかった。同時に、ヴァルティスの言葉は信頼できるのだと思う。

「昨日も兄上に呼び出されたの？」

この半月ほど、ユノ・ファが夜ごとのようにヴァルティスに呼び出されていることをレヴィも知っている。

「ううん。昨日はなかった。おととい会った」

昨晩は呼び出されず、ちょっと寂しかった。ヴァルティスは庭の向こうの宮廷で、重臣や皇太子たちと大事な会議をするのだと、侍女が教えてくれた。

最初にヴァルティスに呼び出された夜は、まだ月が細く欠けていた。それから月が満ちるまで、会わない日が稀なほど毎夜のように彼と会っている。

ヴァルティスも、獣人と仲良くすることを考えているのだと言った。だが二つの種族は長らく交流がなくて、お互いのことをよく知らない。それが余計に両者の溝を深めていると語られて、自分と同じ考えを彼が持っていることに嬉しくなった。

どうすれば互いの種族が手を結べるか、まずはお前のことを教えてほしいと言われた。

毎晩、尋ねられるまま、ユノ・ファはルーテゥ族のことを話している。

ユノ・ファのレトヴィエ語は拙《つたな》くて、おかしな質問をするたびにヴァルティスの眉間に皺が寄った。彼を苛立たせ、不機嫌にさせているのが申し訳ないし怖かったけれど、日が経つうちにだんだんと慣れてきた。

それに怖くても、ヴァルティスと会えるのが嬉しい。

どうしてこんなに彼のことが気になるのか、自分でもよくわからない。でもあの神々しいほど勇壮で美しい姿を、いつでもいつまでも見ていたいと思う。

容姿のことをいうなら、レヴィだって同じくらい美しいのに、姿を見て胸が切なくなるのはヴァルティスだけだ。

どうして彼にこれほど惹かれるのかわからない。ヴァルティスの持つ、何にも揺るがない力強さや冷徹さに憧《あこが》れるからだろうか。

「ユノ・ファ、早く。今日はいいものがあるよ」

先に庭に出て行ったレヴィが、侍女の持ってきた昼食を見て嬉しそうに声を上げた。

もう一人の侍女が、草の上に敷く大きな布を広げている。風が吹いて苦心しているのを、ユノ・ファが布の端を持って手伝った。

「手伝うます。今日は、風が強いね」

できるだけ相手を怯えさせないように、微笑んで話しかけると、侍女は一瞬びっくりしたように目を見開き、それから「恐れ入ります」と顔を赤らめて目を伏せた。

やっぱり怯えさせてしまったかもしれない。だが布を敷いて四方に重しを乗せた後、めげずに「ありがとう」と微笑むと、相手も少し笑ってくれた。

以前はおぞましいものでも見るような顔で逃げられていた。少しずつでも周りの人の反応が変わっているのが嬉しい。

「これ、僕のお気に入りのお茶なんだ」

侍女たちが運んできた籠の中には、パンに肉の燻製《くんせい》を挟んだもの、茹《ゆ》でた野菜と、取っ手のない蓋《ふた》付きの茶器が二つ入っていた。レトヴィエで熱いお茶を飲む時は、取っ手のついた茶器で飲んでいるから、これは珍しい。

「これを飲むと気持ちが落ち着くし、元気になるんだよ」

レヴィが嬉しそうに言って、茶器の蓋を取って見せる。お茶は青黄味がかっていて、ふわりと甘い香りが鼻先をくすぐった。

「ムルカ！」

馴染《なじ》みのある懐かしい色と香りに、ユノ・ファは思わず声を上げた。

「これ、ムルカ。青い花。ルーテゥもよく飲む。料理に使う」

ルーテゥ族の間でも日常的に使われているものだ。青く小さな星の形をした花は、夏になると山のあちこちに群生する。生命力が強く、ルーテゥの畑にも蔓延《はびこ》るので、見つけたらすぐに採らなければならないが、乾燥させれば一年中持つので、冬の間も重宝された。

葉と茎は滋養が豊富だし、レヴィの言う通り花には鎮静作用がある。花はお茶にして飲むことが多く、葉と茎は独特の香りから肉料理によく使われていた。

「よく飲むの？　レトヴィエでは、夏瑠璃《なつるり》って呼んでる。あまり採れないから、ここでは貴重なんだよ」

ルーテゥ族では特に珍しいものではないと話すと、レヴィは羨《うらや》ましいと言った。人間の住む地域にはほとんど見られないらしい。薬効成分を持つ貴重な草花は青い鉱石に喩《たと》えられ、たまに行商人が運んでくるのを待つしかないのだそうだ。

「この城の裏手の山にも生えてるそうだけど。自分たちで採るのは難しいかな」

ムルカ……夏瑠璃は、ユノ・ファが故郷を離れて山を下りた後も、あちこちでよく見かけた。ただ急な岩場などの高い場所に生えていることが多かったから、確かに人間では手に入れることが難しいのかもしれない。

「夏瑠璃は、兄上も好きな花なんだ。お茶にしても美味《おい》しいけど、匂《にお》いだけでも安らぐからね」

パンにかぶりつきながら、レヴィが言った。レヴィは夏瑠璃の季節になると、城の周りに夏瑠璃を持った行商人が現れるのを毎日のように待つのだそうだ。自分が好きだからというよりも、兄のためだろう。

（今度、裏山にムルカを採りに行ってみようか）

裏手の山といっても、城屋敷からはだいぶ離れている。だがユノ・ファが四本の足で走れば、山に登って戻ってくるまで半日とかからないだろう。夜ならみんな寝ているから、変身しても人目につくことはあるまい。

「ヴァルティスに、コレ飲ませたい。ヴァルティス、疲れてた」

気難しい男の顔を思い出す。ユノ・ファを呼び出すのはいつも深夜で、それまでずっと宮廷にいるようだった。何か問題を抱えているのだろうか、この頃は特に厳めしい顔をしている上に、どこか疲れた様子だった。

「ありがとう。ユノ・ファは優しいね」

レヴィは微笑んでそう言ったが、すぐに表情を曇らせた。

「そうか。やっぱり兄上はご苦労されてるんだね」

「やっぱり？」

何かあったのだろうか。尋ねたが、レヴィは「大丈夫だよ」と首を振った。

「少し面倒な問題が持ち上がっていて、それで兄上はお疲れだと思うんだ。でも、兄上が大変なのはいつもだから」

笑顔を見せながらも沈み込む。もしかするとレヴィも、詳しい話は聞かされていないのかもしれない。

ユノ・ファもレヴィや侍女たちから断片的に話を聞くくらいだが、この国が様々な問題を抱えていることはわかってきた。

ルーテゥ族も厳しい自然の中で辛うじて生活をしているが、レトヴィエ王国も決して豊かとはいえない。ヴァルティスの双肩には、何代も前から続くこの国の問題がすべて圧《の》しかかっているのだろう。その重圧を考えると、関係のない自分まで苦しくなる。

ユノ・ファが彼のためにできることはなくて、それがいっそう悲しい。

(せめて、ムルカを採りに行こう)

懐かしいお茶を飲みながら、ユノ・ファは密《ひそ》かに決意した。

その夜のうちに城の裏手の山に行こうと思っていたが、夕食を終え湯浴《ゆあ》みを済ませた後、またヴァルティスに呼ばれた。

「だ、大丈夫?」

部屋に入ってヴァルティスの顔を見るなり、思わず尋ねてしまった。一日会わなかっただけなのに、彼の顔色がずいぶん悪くなっていたからだ。

「何がだ」

だが本人は自覚がないのか、不機嫌そうにじろりとユノ・ファを睨《にら》みつけた。いつにも増して険のある眼差しに、それ以上は何も言えなくてオドオドと目を伏せる。ヴァルティスはため息をついて「座れ」と言った。

ユノ・ファがいつものように彼の向かいに腰を下ろすと、侍女がお茶を持って現れた。

「夏瑠璃か。珍しいな」

取っ手のない蓋付きの茶器を見るなり、ヴァルティスは眉間に寄っていた皺をといた。

「今日は珍しく、行商が回ってきたのです。レヴィ様が見つけられて、ぜひヴァルティス様にと」

侍女の言葉に、ヴァルティスはふっと表情を和ませる。

「そうか、レヴィが……」

微かに微笑んだ顔は、今まで見たことがないくらい優しくて、ユノ・ファはどきりとした。

(レヴィには、こんな顔するんだ)

本当に弟を愛しているのだ。思わずつりこまれるように見つめていると、視線に気づいたヴァルティスが、ぎろりとこちらを睨んだ。たちまちもとのしかめっ面に戻ってしまい、がっかりする。

「お前も飲め。滅多に出回らない茶だ」

「あの、俺の分、ヴァルティスにあげる。大事なお茶」

ヴァルティスが好きなお茶なのだ。せっかくだから飲んでほしいと思ったのだが、ムッとした顔をされてしまった。

「お前の分を奪ってまで飲もうとは思わん。いいから飲め」

なんだか今夜のヴァルティスはいやにカリカリしている。疲れているのだと思い、萎《しお》れながらも黙ってお茶を飲んだ。

しばらくするとヴァルティスは、今夜もユノ・ファに質問を始めた。質問の内容はいつも様々だ。ルーテゥ族の習慣についてだったり、かと思えば、東方の帝国についてルーテゥ族はどう思っているのか、などと突然聞かれたりする。

ユノ・ファは知っている単語を駆使し、できる限り正直に答えた。たまに発音を直されたり、用法が間違っていると指摘される。そんなことを繰り返していると、やがてヴァルティスから「今日はここまでだ」と告げられるのだった。

何もかも一方的な逢瀬だが、彼と間近に二人きりでいられるこの時間が、ユノ・ファは好きだった。

「――それでは、ルーテゥ族の夷狄に対する心情は、他の国の人間に対するものとなんら変わりがないということか？　人間は皆同じだと」

「そうじゃない。……ううん、そう思ってるルーテゥもいる。そう思ってないルーテゥもいる。いろいろ。でも羽持ってる人たちは、人間とはかからない……関わらない？　方がいいって言う。人間もルーテゥも、お互い怖がってる。関わったら、ひどいことになるかも。ならないかもしれないけど。触らない方が安全って」

今日は一昨日に引き続き、よく夷狄についての質問をされる。主にルーテゥの夷狄に対する心情や考えを聞かれるのだが、数千人からなる部族の者たちの、複雑で多様な心情を説明するのは、母語でも難しい。

「でも本当はもっと低い土地で……ヴァルティス？」

言葉を探してわずかな沈黙が続いた。いつもなら苛立ったヴァルティスが、「こういうことか？」と、言葉を提示してみせるのに、今日は沈黙したままだった。

顔を上げると、向かいの男は青ざめた顔で目をつぶっていた。気分が悪いのだろうか、と黙ったまま見つめるが、なかなか目を開かない。やがて深い呼吸音が聞こえた。

どうやら眠ってしまったらしい。すぐに起きるかと思ったが、しばらく待っていても起きる気配はなかった。

（すごく疲れてるんだな）

ムルカのお茶を飲んで、気持ちが和らいだせいもあるのだろう。相変わらず眉間に皺を寄せたままだが、こんな無防備なヴァルティスを見るのは初めてだった。

起こすべきか迷ったが、そのまま寝かせることにした。夏でも夜になると肌寒い。ユノ・ファはそっと音を立てないように席を立つと、着ていたマントを脱いだ。

ヴァルティスの背中にマントをかけようとしたところで、寝ていた男は弾かれたように目を開けて振り返った。

「何をしている」

鋭い声とともに睨みつけられ、ユノ・ファはびっくりした。咄嗟のことで言葉を失くしていると、ヴァルティスはユノ・ファの手にあるマントを見て、状況を理解したようだった。

気まずそうに視線を逸らし、「寝ていたのか」と呟く。

「少しの時間だけ。風邪ひくと思ったから」

「どうして起こさなかった」

責める口調に、ユノ・ファはしどろもどろになった。やはり、起こすべきだったようだ。

「ヴァルティス疲れてる。レヴィも心配してた」

「だとしても起こせ。寝顔を見られるのは好きじゃない」

自分の行動はいつも、ヴァルティスを苛立たせてしまう。良かれと思っても、相手には迷惑だったりする。

「……ごめんなさい」

しょんぼりしながら謝ると、ヴァルティスはわずかに目を瞠《みは》り、それから「いや」と珍しく口ごもった。視線は伏せられて、ユノ・ファの後ろを見ている。それとも、情けなく垂れ下がった尻尾を見られていたのかもしれない。

「確かに疲れているかもしれん。今日はもういい。下がってくれ」

ユノ・ファは余計なことだと思いつつ、

「ヴァルティス、もう寝る？　今日はもう、仕事しないで」

ぽそぽそと言った。案の定、余計なお世話だというようにじろりと睨まれる。

「ごめんなさい。でも心配。すごく心配。レヴィも心配してる」

なおも言い募ると、ヴァルティスは深いため息をついた。だが今度は怒られず、「わかった」と諦めたような言葉が返ってくる。

「今夜はもう休む。レヴィにも、心配ないと伝えてくれ。なかなか会いに行けないが」

ユノ・ファに対して、ヴァルティスがこんなふうに私的な会話を交わすのは初めてだ。会話というには短すぎるが、それでもふわっと気持ちが浮上するのを感じて、何度も強くうなずいた。

「はい！　わかった！　レヴィに伝える。おやすみなさい」

それに対する返事はなかったが、ユノ・ファは嬉しい気持ちで部屋を出た。部屋の外には警備兵が立っていて、「楽しそうだな」と呆《あき》れたような顔で言われた。以前は取り囲むように数人がついてユノ・ファの送迎をしていたのに、この頃は一人だけだ。その警備兵たちともだんだんと顔馴染みになってきている。

「楽しい。嬉しい。ヴァルティス、レヴィによろしくって言ってくれた」

「ちゃんと様をつけてお呼びしろよ」

「ヴァルティス、さ、さま」

レトヴィエ語の敬称が難しいのだ。レヴィはもとより、ヴァルティスに対して呼び捨てにしても怒られなかったから、なんとなくそのまま呼び捨てにしてしまっていた。

「まあいいけど。そんなことが嬉しいのか？」

「嬉しい。ヴァルティス……様、いつもムダ口叩かない。今日は叩いた。嬉しい」

覚えたばかりの慣用句を使ったのだが、警備兵はなぜか「ムダ口か」とおかしそうに笑った。

「ごくろうさま。ありがとう」

自分の部屋の前に着いていつものように礼を言うと、警備兵はこそばゆそうな顔をしながら「おやすみ」と言った。

ユノ・ファは部屋に入って少しだけ眠った。東の空が白む前に起き、そっと城を出る。裏手の山にムルカを採りに行くためだ。

人目につかないよう、気を配って庭を横切った。やましいことはないのだが、獣人の自分が夜中に出歩いていたら、無用な警戒をされるだろう。手入れの行き届いた広い庭を抜けると、地面に緩やかな勾配《こうばい》が加わり、木々が増えて雑木林を成してくる。

勾配はすぐに急な斜面に変わり、木々の向こうに壁のような岩場が見えてきた。レヴィが言っていた通り、絶壁を見上げるとあちこちに青い花が咲き乱れている。

ユノ・ファは絶壁の前で衣服を脱ぎ、四本足に変身した。マントだけを口にくわえ、鋭い爪を持った四つの足でひょいひょいと岩場を登る。ちょっとばかり手足に擦り傷ができるが、これくらい、翼を持たなくても朝飯前だ。

マントに包みきれなくなるまで花を摘《つ》むと、また岩場を下りて部屋に戻った。

翌朝になり、朝食を運んできた侍女に花を見せ、レヴィやヴァルティスに渡してくれるように頼んだ。

「まあ、こんなに……いったいどこで」

「ウラ手の山。昨日の夜、こっそり行って採ってきた」

「こっそりだなんて」

悪びれないユノ・ファに、侍女はちょっと呆れた顔をしたが、怒ったりはしなかった。

「レヴィと、ヴァルティスに。二人とも、これ好き」

「お二人のために？」

「そう。ヴァルティス。昨日これ飲んだらすぐ寝た。イライラ取れる」

侍女はその言葉にくすっと笑い、それから少し思案する顔をした。

「お二人とも喜ばれますわ。でも、国王陛下には行商人から買ったことにしましょう。あなたが夜の間に部屋を抜け出したことは、陛下には内密にされるのがいいでしょう」

「やぱり、俺が勝手に出歩くのダメ？」

侍女は少し考えて、ダメというわけではないと言った。あえて言うなら、どちらでもない状態だ。いいと言われてはいないが、禁止もされていない。

だがヴァルティスに改めて確認すれば、きっと禁じられてしまう。宙ぶらりんのままにしておくのがいいでしょうと、侍女は言うのだ。

詭弁《きべん》だが、侍女はユノ・ファのために提案してくれているのはわかったので、素直にうなずいた。またムルカを採りに行きたいし、部屋にばかりいるのも窮屈だ。

侍女はそれからふと、ユノ・ファの手や腕に擦り傷ができているのを見て、顔をしかめた。

「こんなに傷ができて。崖《がけ》を登ったからですね。手当をしましょう」

「平気。舐《な》めておけば治る」

獣人は丈夫なのだ。これくらいの傷は、一日で治る。だが侍女は「擦り傷だからって、甘く見ちゃいけませんよ」と、母親のような口調でたしなめ、傷薬と包帯を持ってきて手当をしてくれた。本当に大丈夫なのだが、侍女の気持ちが嬉しい。

その日も昼食と一緒にムルカのお茶を淹《い》れてもらい、侍女がユノ・ファが摘んできたのだと言うとレヴィは目を輝かせた。

「ありがとう。ユノ・ファはすごいね。あんな崖を登れるなんて。それに新鮮な花だから、すごく美味しい」

手放しで喜ばれ、ユノ・ファは得意な気分になった。

その晩もまた、ヴァルティスの呼び出しを受けた。ムルカのお茶が運ばれ、侍女が「レヴィ殿下からです」と説明すると、ヴァルティスは昨晩と同じ柔らかな表情を一瞬だけ見せる。

「レヴィには気を遣わせているようだな」

優しい声に、ユノ・ファの胸がどうしてかちくりと痛んだ。

別に、褒めてほしくて花を摘みに行ったわけではない。ただ疲れたヴァルティスに癒《いや》されてほしいだけなのに、見返りを求めるような自分の浅ましさに自己嫌悪を覚えた。

「お前も飲むといい。今日の花は新鮮だ。レヴィはいい花を選んだようだな」

また胸がちくりとする。レヴィのことが大好きなのに、羨ましくて妬《ねた》ましい。こんなことを思うのが嫌だ。

(俺は、ヴァルティスが好きなのかな)

この気持ちは、強く美しいものへの憧れだと思っていた。でもそれだけではないのかもしれないと、今は思う。

だってただの憧れなら、こんなふうに胸が痛くなったりはしない。

「どうした？　今日はいやにおとなしいな」

ちびちびとムルカ茶を飲んでいると、ヴァルティスが怪訝《けげん》な顔をして言った。それから、ユノ・ファの手の包帯に気づいて「それはどうした」と尋ねてくる。

ムルカを摘みに崖に登った時の傷だ。侍女がわざわざ、湯浴みの後に巻き直してくれた。

だが、素直には答えられない。

「庭で怪我した。ひどくない。でもお手伝いの女の人、親切で手当してくれた」

返事に困ったが、まるきり嘘はつけなくてそんなふうに言った。ヴァルティスはその答えに、ふっとおかしそうに頬を緩めた。

「お前がここに来てから三月も経っていないが、ずいぶんと打ち解けたようだ」

「みんな、親切だから。俺、レトヴィエ好き」

「それは何よりだ。皆が警戒を解くのは、お前の温和で素直な性格もあるのだろうな」

もしかして、褒めてくれているのだろうか。そう思ったのも束《つか》の間、「そろそろ本題に入ろう」と冷めた声で言われた。

「今日はルーテゥ族のことだ。ルーテゥ族は生涯に一人の相手としか番《つが》わないそうだな」

ヴァルティスの問いは、その向こうに何か目的があるようなのに、それがはっきりとしない。本当は何が聞きたいのか、どういう答えを導き出したいのか、わからないので答えるのに苦労する。

それでもユノ・ファのレトヴィエ語が少しは上達したようで、以前のように答えに詰まってイライラされることは少なくなった。

あちこちに飛ぶ質問にも、わりあいとすんなり答えられるようになったのだが、今日に限っては勝手が違っていた。

「王立研究所の学者の調査によれば、ルーテゥ族の男と女の数は、女が極端に少ないと聞いた。あぶれた男たちはどうなる？」

「……えっと。夫、死んだ人を奥さんにするのもある」

「それは、滅多にないことだろう。伴侶《はんりょ》を持たない男たちは、女と交わらずに一生を終えるのか？　あるいは、男を慰めることを商売にする娼婦がいるのか。人間ですら、長らく独り身では性欲を持て余す。生命力の強い獣人が、誰とも性交をせずにいるのは辛いのではないか？」

「せ、性交……」

ルーテゥにとって、性とは忌避しても、逆に軽んじてもならない、とても繊細な話題だった。ルーテゥの人々は、自分の性について明け透けには語らない。男たちが、男たちだけの酒の席で下世話な話をすることはあるが、それも親しい仲間内に限ったことだ。親しくもない相手や、ましてや女の前で性の話を軽々しく口にはしない。

「る、ルーテゥはとても真面目《まじめ》。いろんな人と性交したりしない。人間には、『春をひさぐ』仕事があるのは知ってる。でもルーテゥはない」

娼婦という職業があるのは、本で読んで知っていた。別の獣人の種族には、そうした身分の者があるという。だがルーテゥ族にはなかった。そうした仕事をしなくても、どうにかみんなが食べていくだけの糧があるからだ。

「ではどうする？　そういえば、獣人は発情期があるのだったな。その時期以外では、性欲は感じないのか？」

ヴァルティスの口調は淡々としている。人間にとっては、性の問題はさして重要ではないのかもしれない。

人間は明確な発情期を持たず、言ってみれば年中発情期なのだそうだ。先ほど、ヴァルティスが「独り身では性欲を持て余す」と言っていたのを思い出し、彼自身もそうなのかとつい考えてしまった。

彼も妻を失って久しく、熱い身体を慰めるために、誰かを抱いたのだろうか。ふと想像してしまい、ユノ・ファはそんな自分が恥ずかしくなった。

「子供を作れるのは、発情期の時だけ。それ以外でもするけど……」

こういう話は苦手だ。そもそもユノ・ファには伴侶もいないし、経験だってまったくない。同じ年のルーテゥの中でも、奥手だという自覚はある。

ユノ・ファが口ごもると、いつもなら急《せ》かす素振りを見せるヴァルティスが、どこか面白がるような表情をした。

「お前はどうなんだ、ユノ・ファ」

「お、俺っ？」

「女を抱いたことはあるのか」

「……な、ない」

どうして今日に限って、こんな話題なのだろう。だがヴァルティスはいつになく楽しそうで、やめてほしいと言えなかった。

「では、男はどうだ。抱いたことはあるか。あるいは抱かれたことは」

「それも、ない……」

「しかしその反応からすると、男同士のまぐわいもルーテゥ族の間では禁忌ではないということか」

「いけないことじゃない。男同士で番うことは、ルーテゥではよくある。でも別に、まぐわうとか……そういうことのためだけに一緒になるんじゃない」

女性が圧倒的に少ないルーテゥ族では、妻を娶らない男同士が兄弟の契りを交わし、家族になることもある。だがこれはあくまで、相互扶助のようなものだ。血の繋がった父子や兄弟のような関係もあれば、それこそ男女のように好きあって一緒になることもある。

最初はただの義兄弟だったのが、そのうちに男夫婦になることも。男同士の婚礼を行うこともある。

「なるほど。男同士で番うことも珍しくはないということか」

「……人間は？」

詳しくは、ルーテゥの本には書かれていなかった。恐る恐る尋ねると、ヴァルティスはわずかに目をすがめた。

「建前は、男と女で番うことになっている。だが人間はルーテゥ族ほど真面目ではないからな。王や貴族は側室を持てるし、民たちも甲斐性があれば妾《めかけ》を持つこともある。夫のいる妻を寝取る輩《やから》もあれば、女色より男色の方が粋だと言う男もいる」

「え、ネト……？　ジョ？」

よくわからない単語が出てきて、ユノ・ファァは混乱した。頭を抱えていると、ヴァルティスは楽しげな、けれど酷薄そうな笑みを浮かべる。

「性愛の形は様々だということだ。私も男を抱いたことがある。妻を亡くした後、養子を迎えて子供を作る必要がなくなってからだ。女を抱いて、彼女たちに子ができれば諍《いさか》いの種になる。だから男を抱くことが多くなった」

唐突にそんなことを言われて、なんと答えていいのかわからなかった。それくらい、同性との交わりも珍しくないと言いたいのだろうか。

「それに男同士の方が、お互いの身体のことをよくわかっている。どうすれば快感を得られるか、女を相手にするよりもわかりやすいだろう？」

「俺、知らない」

「……ああ。まだ一度も経験がないのだったな」

それが珍しいことでもあるかのように言い、ユノ・ファはカッと顔が熱くなるのを感じた。わざわざ言わなくてもいいのに、と恨めしくなる。不貞腐れた気持ちで上目遣いに相手を見ると、ヴァルティスはやはり楽しそうな顔をしていた。

「今まで、誰かに恋をしたことは？」

ユノ・ファは小さな声で「ない」と答えた。

恋というなら、今のヴァルティスに対する思いがそうなのかもしれない。ヴァルティスが、自分をただの「獣人」だとしか思っていないのは態度からして明白で、そんな彼に思いを打ち明けることなど考えられないけれど。

「……ヴァルティスは？」

「私か？」

その問いかけが意外だったのか、ヴァルティスは驚いたように目を見開いた。

「うん。奥サマ以外に、好きな人いた？」

気分を害されるかもと思ったが、予想に反して相手は楽しそうな顔を見せる。

「どうかな。ずっと昔、母親くらいの年の女性に憧れていた頃があった。あれが初恋と言えばそうなのかもしれないが。私も恋をした経験はないな。妃は恋愛で娶るものではないし、そもそも皇太子になってから、恋愛どころではなかった」

為政者にとっては、婚姻も政治の道具だ。そういうヴァルティスが恋をしたことがないというのは、十分にうなずけた。

「話が逸れたな。お前は、性的な興味はないのか。独り身で、発情期にはどうしている？」

ユノ・ファとしては、特に話が逸れたとは思わなかったが、また性愛の話題になって、そわそわと落ち着かなくなった。

「べ、別にどうも」

「自分で慰めることはしないのか」

「……っ。しない、そんなの」

本当はある。恋をしなくても、身体が大人になれば発情期を迎えるし、それ以外でも性欲を覚えることはある。

「発情期」と言ってはいるが、獣人にとって女の生理のようなものだ。男女ともに、身体の中で子供を作る用意ができるということで、確かに身体は火照《ほて》り欲情しやすくなるけれど、発情期以外の時期にもごく当たり前に性欲を覚える。

ユノ・ファも、レトヴィエに来てから、こっそり湯浴みの時に自分を慰めたこともあった。でもそんなこと、恥ずかしくてとても口にできない。

「しない？　少しも？　苦しくないのか。そういうことに興味は？」

ヴァルティスは、ユノ・ファの否定が嘘だとわかっているのだろう。面白がるように畳みかけられた。

「ないったらない。俺、もう眠い。寝たい」

ただからかっているだけなら、やめてほしい。

いつもは唯々諾々とヴァルティスの言葉に従っているユノ・ファだが、さすがにいたたまれず、すっくと席を立った。

「帰る」

「どうした？　急に」

わかっているだろうに、意地悪くそんなことを言うヴァルティスは嫌だ。

「……もう、帰りたい。眠いから」

何がしたいのかわからないけれど、このままいじめられっ子のように扱われたくない。

なおも主張すると、ヴァルティスは微かに微笑みながら「仕方がないな」と、解放してくれた。

「今日はここで終わろう。だが、また明晩呼ぶ」

「あ、あい」

「発音が戻ってるぞ」

最後は笑いながら言われて、ぷいっとそっぽを向いた。

「おやすみっ」

逃げるように部屋を出た。後ろからついてきた警備兵に、「お前、顔が赤いぞ」と指摘され、いたたまれなかった。

自分の部屋に戻ると寝台に飛び込んだ。

ヴァルティスはいったい、何が聞きたかったのか。何を確かめたかったのだろう。それともただ単に、仕事で溜まっている鬱憤《うっぷん》をユノ・ファをいじめることで晴らしたかったのだろうか。

胸がドキドキする。ヴァルティスの意図はわからないが、好意でないことくらいは理解している。だというのに、構ってもらえて嬉しいなどと自分は思っている。

もしさっき、ヴァルティスが会話のついでのように「獣人を抱いてみたい」と言ったら、きっとうなずいていただろう。

(ヴァルティスが、俺なんか抱こうとするわけないけど)

でもまた明日、呼ぶと言っていた。まさかそんなわけないと取り消しながら、どこかで期待している。

ユノ・ファは寝台の上に転がったまま、悶々《もんもん》とヴァルティスのことを考え、その夜は空が白む頃まで眠れなかった。

五

　ユノ・ファは最初にムルカを採りに行ってから、三日にあげず裏山へ行くようになった。夜のうちに新鮮な花を摘み、侍女に渡す。

　ヴァルティスにはあの夜から会っていない。

　明晩も呼ぶというから、ドキドキしながら待っていたが、その晩も次の晩も、ずっと呼び出されることはなかった。

　嫌われてしまったのかと思ったが、そうではなくて、忙しくて寝る間もないらしいのだと、見張りの警備兵から噂を聞いた。

　宮廷ではしばらく前から面倒な事案が持ち上がっていたのだが、その問題がさらに深刻化しているのだという。詳しい話は、ヴァルティスや皇太子、限られた家臣たちしか知らない。

「けど、もしかしたら、戦争になるのかもな」

　ある時、非番の警備兵と雑談していたら、ぽつんとそんなことを言い出したので、ユノ・ファはびっくりした。

「戦争？　どこと」

「わからないけど、隣のヴォルスクとは友好なはずだから、山の向こうの夷狄かもな」

「夷狄……。ものすごく大きい国」

「ああ。兵士の数も武器も、うちの国とは比べものにならないそうだ。万が一にも攻め込まれたら、ひとたまりもないだろうな。俺たちはみんな殺されるか、よくて奴隷にされて山の向こうに連れて行かれるか、だ」

「そんな……ど、どうしよう」

東方の帝国軍が山を越えようと試みているのは、故郷にいた時から知っていた。ルーテゥ族が追い払うまでもなく、過去の彼らはみんな険しい山脈に阻まれて撤退するか、命を落とすかだった。

いったいどういう手段で、ここまで攻めようというのだろう。だが確かに、一度山を越えてしまえばこの国はひとたまりもない。

かつて、ずいぶん昔の話になるが、東の帝国と真っ向から戦った獣人の部族が一つ、滅ぼされたと聞いたことがある。帝国にも甚大な被害が及んだというが、こちらは滅びることなく存続している。

獣人ですら、正面から戦えば勝ち目はないのだ。小さな国など抵抗できるはずもない。

「それを陛下が考えてくださってるんだろう。ヴァルティス陛下がどうにもできないなら、誰にも手の施しようがない。俺たちは滅びるだけさ」

悲愴《ひそう》感などなく警備兵は言う。ヴァルティスを信頼して、国王ならなんとかしてくれると思っているのだろうか。

「そんな」

「大丈夫だって。それにお前は、ここの国の者じゃない。いざとなったら山に帰ればいい。これは嫌味で言ってるんじゃないぜ？　人間の巻き添えくらわなくてもいいってこと」

「わかってる。でも」

「おいおい、あくまでも噂だよ。心配すんな」

そう言って、警備兵は笑ってユノ・ファの肩を叩いたけれど、少しも気は軽くならなかった。あくまでも噂、だがおそらく信憑性《しんぴょうせい》は高いのだと、誰もがわかっている。

みんな落ち着いているのは、騒いだところでどうしようもないからだと、やがてユノ・ファは気づいた。

何もできない。それはユノ・ファも同じだ。

（山に戻って、父さんたちに相談しようか。後継ぎのウー・ファランが味方をしてくれた

ら、長老たちも納得するかもしれない）

そう考えたが、相談したところで決して父が首を縦に振らないことはわかりきっていた。人間に、レトヴィエ王国に加勢して帝国の軍と戦ったとしても、ルーテゥ族にはなんの利益もない。逆に帝国軍の攻撃を受け、大きな被害をこうむるかもしれないのだ。

首長である父が優先するのは、部族の存続と繁栄。それだけだ。父として、みそっかすのユノ・ファにも愛情深く接してくれたけれど、いざとなれば息子の命より部族全体を考える男だ。冷淡なわけではない。首長としての責任だ。

ユノ・ファも、仲間が傷ついたり死んだりするかもしれないとわかっていて、ただ個人的な情のために人間を助けてくれとは言えなかった。

何もできないこの身が歯がゆくて、せめてわずかな安らぎだけでも与えられたらと、ユノ・ファは裏山にムルカの花を摘みに行く。

頻繁に摘みに行くので、簡単に登れる場所の花はなくなってしまい、もっと上に登らなくてはいけなくなった。それにしたがって擦り傷が増えたが、舐めておけばまた次にムルカを摘みに行く頃には治っているから問題はなかった。

ヴァルティスとは会っていないが、ムルカ茶は毎日、侍女が届けてくれている。だから夏の間、ムルカが咲く間はできるだけ山に登るつもりだった。

「ユノ・ファ、また怪我が増えてる」

ある日、レヴィがユノ・ファの腕を見るなり心配そうな声を上げた。

「また昨日もムルカを採りに行ってくれたんだね。そんなに無理をしてくれなくていいんだよ」

今日も勉強のために、レヴィの部屋を訪れていた。

ユノ・ファがレトヴィエに来て、三か月が過ぎた。今では会話だけでなく、読み書きもだいぶ上達していた。

もっとたくさん単語を覚えて、レトヴィエの本を読んで勉強して、そうしてルーテゥ族と友好な関係を結べるようになればいいと思っていたのに、今のレトヴィエはそんな悠長なことなど言っていられる状況ではなくなっている。

「ヴァルティス、忙しくて大変。俺、他に何もできないから」

「噂を気にしてるんだね。僕も心配だけどね。兄上もみんなも考えているから、きっと最悪の事態にはならないと思ってる」

レヴィの声は明るかったが、ユノ・ファは安心できなかった。沈み込むユノ・ファに、レヴィは苦笑しながら「ほらもう考えないで」と背中を叩く。

「なるようになるよ」

「レヴィ、らかん的」

「楽観的？　そうかもしれない。僕は子供の頃から、いつ死んでもおかしくないって言われ続けてたから。どうしたって死ぬ時は死ぬし、そうでなければ生き延びられるよ。それは人間もルーテゥも同じ」

意外なほどの達観に、ちょっと驚いた。しかし言われてみれば、確かにレヴィはこれまで何度も、死の恐怖と戦ってきたのだ。いつも優しくたおやかな彼は、内にユノ・ファにない強さを持っているのだろう。

（でも……）

と、ユノ・ファは首を傾げる。それだけではない、この頃のレヴィは、ちょっと変わった気がする。

どこがどうとははっきり言えないが、出会った時にあった薄幸そうな影がなくなって、以前より溌溂《はつらつ》として見える。

健康になった、というわけではない。彼はつい先日も、夜更かしをしたとかで、熱を出したばかりだ。だが出会った頃はちょっとの発熱も気に病んでいたのに、今はさして気に留めていないようだった。それよりも、気になることがある、というような。

「レヴィ、何かいいことあった？　最近？」

純粋な疑問と興味から、聞いてみた。だがその質問にレヴィは、「ええっ」と過剰に驚いてみせた。

「えっ、別にそんなのないけど。なぜ？」

レヴィは嘘が下手だ。ユノ・ファはあまりその手のことに敏感な方ではないけれど、今回に限っては勘が働いた。

「ふーん」

わざとニヤニヤ笑うと、レヴィの白い肌にさっと赤みがさした。

「恋ですか」

「違います。何笑ってるの。いいからほら、勉強するよ」

いつになく強い口調で言う。それでもにやついているユノ・ファを、レヴィは睨みつけた。

「言っとくけど、兄上に変なこと告げ口したら絶交だからね」

「んっ、言わない」

弟を溺愛するヴァルティスのことだ。レヴィが恋をしているなんて知ったら、根掘り葉掘り調べて回りそうだ。ヴァルティスの性格を深く理解しているわけではないけれど、それだけはわかった。

神妙な顔を作ってうなずく。だが、レヴィが恋をして生き生きとしているのがなんだか嬉しくて、勉強の合間にずっと、いったい相手は誰だろうと考えていた。

午前中の勉強が終わって昼になると、侍女が二人分の食事を持って現れた。ユノ・ファの摘んだムルカ茶だけでなく、今日は白い花が数本添えられていた。

レヴィはその花を迷うことなく取り上げて、匂いを嗅《か》ぐ。

「いい匂いだね。もしかして、これも？」

「はい。あの異国の行商人が置いていったんです。いつも買ってくれてる礼だと言って。……最近よく回ってくる行商人がいて、珍しいものばかり持ってくるんですよ」

侍女の最後の言葉は、訝しげな顔をしているユノ・ファへの説明だ。

「この花、知ってる。山の高いところに咲いてる。ルーテゥは匂い消しに使う」

「ああ、とてもいい匂いですものね。さっきまで調理場に置いておいたんですが、部屋中がこの花の匂いになって。でも、爽《さわ》やかで邪魔にならない香りだわ」

ユノ・ファは緩くかぶりを振った。

「匂いは、わからない。この花の匂い、獣人にはわからない」

この白い花は、ルーテゥ族では『忘れ草』と呼ばれていた。レヴィも侍女もいい匂いだと言ったが、ユノ・ファには花の匂いは感じられない。どんなに近くで嗅いでみても、ユノ・ファにとっては無臭なのだ。

　どういうわけか獣人は、この匂いを嗅ぎ取ることができないのである。獣人は人よりも嗅覚《きゅうかく》に優れているが、この香りのついた物も無臭に感じる。

　だから今、おそらく花の香りが充満しているであろうこの部屋からも、レヴィや侍女の匂いが消えつつあった。

「この花の匂いだけ感じないなんて、そんなことがあるんですねえ」

「だから、ルーテゥでは匂い消しに使ってる。嫌な匂いの上に花を擦《こす》りつけると、匂いが消える。そう感じる」

　なるほど、とレヴィと侍女はひとしきり感心していた。それから昼食を食べたが、ユノ・ファは花のことが気にかかっていた。

　行商人が置いていったと言うが、これはムルカのように生命力が強くはない。分布している地域も限られていて、ルーテゥ族でも採るのに苦労するのだ。

　そんなものを人間が、どうやって手に入れたのだろう。

（確か、ずっと北の方では、比較的低い場所に咲いてるそうだけど）

　そんな北方から、行商人がわざわざ回ってきたのだろうか。だがこれよりもっと寒い地域には、人間は住んでいないという。

東方の帝国が不穏な動きを見せていると噂を聞いた後だけに、どうにも気がかりだ。

(思いすごしかもしれないけど)

ヴァルティスに相談してみようか、と考える。だが彼がいつ、宮廷から城に戻ってくるのかわからない。夜遅くにうろうろするのは、迷惑になるだろう。

(次に呼び出された時に、話してみよう)

あまり悩んでも、レヴィを心配させる。しばらく呼ばれなかったから、ひょっとしたら今夜辺りに呼んでもらえるかもしれない。

別の期待が頭をもたげるのを振り払いつつ、ユノ・ファはあれこれと考えていた。


ところがその後も、ヴァルティスからの呼び出しはなかった。

一週間が経ち、十日が過ぎると、だんだんともう、ヴァルティスには呼ばれないのではないかと思えてくる。

(明日の晩、また呼ぶって言ったのに)

最後に会ってから、どれくらいが経っただろう。そんなに忙しいのだろうか。それとも東方の敵軍がもうすぐそこまで来ているのだろうか。いや、それならばさすがに、レヴィたちにも知らされるだろう。

（もう、俺と話すの飽きちゃったのかな）

ぽつんとそんな考えが浮かんできて、悲しくなる。ユノ・ファは寝台の上でゴロゴロと意味もなく転がった。

朝食を食べてからまだ、一歩も部屋の外に出ていない。レヴィがまた昨晩から熱を出してしまい、勉強が中止になったのだ。

侍女の話では、熱といってもそれほどひどくはなく、毎年夏の、気温が少しずつ上がる頃になると体調を崩すのだそうだ。念のため、二、三日は安静にするよう医者から言われたらしい。

『でも、今日が休みでよかった』

また寝返りを打ちながら、ルーテゥの言葉でひとりごちる。

今日はユノ・ファも体調が良くない。三日前、朝起きたらなんだか身体がだるいような気がした。全身が熱を帯びたように感じる。気のせいだと思ってやり過ごしていたが、日を追うごとに気だるさと身体の熱は強くなっていく。今朝《けさ》になると、起きるのもおっくうになっていた。

今まで、レヴィが体調を崩して勉強が休みの日も、一人で予習復習をしたり、庭を散歩したりしていた。だが今日はもう、何もする気が起こらない。

（まさか、発情期じゃないよな）

このだるさには覚えがあった。熱を帯びたように感じるのも、発情の兆候だ。だが自分の発情期は、まだまだ先のはずだ。

獣人には一年に一度だけ、発情期がある。発情期以外でも欲情するし、性交は行えるが、子作りできるのは発情期だけだ。逆に発情期に性交すれば、必ず子供ができる。

発情の時期は個体によって異なるが、男は生涯を通して時期のずれがないのに対し、女は時期がずれやすく、番いになった男の発情期に向かってだんだんと周期が変わってくる。

ただし、夫婦の発情周期が一致するようになるまで何年かかかるので、周期がばらばらの男女が番った場合、子作りにはそれだけ時間が必要になる。これが、獣人の数が増えない原因の一つだった。

ユノ・ファの発情期は秋の中頃。まだ一か月以上あるはずだ。

（発情じゃないのかな）

だとしたら、何かの病気だろうか。風邪など、ほとんどひいたことがない。病気になっても、ここには獣人の医者などいないから、わからない。獣人に詳しいという学者も、病気のことまでは知らないだろう。

考えると不安になるので、なるべく風邪だと思うことにした。その日はほとんど部屋から出ず、寝床でじっとしていた。

しかし、翌日になっても気だるさは抜けず、身体の火照りはさらに増したようだった。

（これは……発情期だ）

男の身体で唐突に周期が早まるなんて、聞いたことがない。どういうことなのだろう。

レヴィとの勉強の時間が今日も休みなのは幸いだが、昼食を持ってきた侍女に具合が悪いのかと心配された。

大丈夫だと誤魔化《ごまか》したけれど、夕食の時間になる頃には、熱い身体を持て余すようになっていた。

発情の期間は一週間ほど。それさえやり過ごせばどうにかなる。疼《うず》く身体をなだめながら、必死で寝台に縮こまっていたのに。

「国王陛下がお呼びです。……ユノ・ファさん、大丈夫ですか」

よりにもよってヴァルティスの呼び出しを受けた。

こんな身体で、好きな相手の前に出て大丈夫だろうか。不安が過《よ》ぎり、体調不良を理由に断ろうかとちらりと考えたが、例の行商人のことが心に残っていた。

「ぜんぜん大丈夫。用意したらすぐ行く」

布を頭に巻き、一番大きくて厚手のマントを選んで羽織った。敏感になった肌は、わずかな摩擦にも反応してしまう。寝台に転がってどうにか湧《わ》き上がる情欲を散らしていたが、ヴァルティスという名前を聞いた瞬間から、散らしようもないほど下腹部が萌《きざ》していた。

厚手のマントで全身を隠すようにして、ヴァルティスの部屋へ向かう。通い慣れた廊下は果てしなく遠く思えた。

「久しぶりだな」

部屋の扉を開け、彼のいる室内に入った時、鼻先にヴァルティスの匂いを感じて目まいがした。

へたり込みそうになるのをどうにか踏み留まり、丸テーブルの彼の向かいに座る。

久しぶりに見るヴァルティスは、最後に会った時よりもずいぶん痩せたようだった。目の下には隈《くま》ができていて、ろくに休んでいないのだとわかる。

テーブルの上にはすでにムルカ茶が供されていて、青ざめた顔色で満足そうにお茶を飲むのが痛々しかった。

「ヴァルティス、やせた」

「忙しかったからな。お前も茶を飲め」

いつも通りの口調と声。けれど顔色は死人のようで、落ちくぼんだ目でユノ・ファへ愛想笑いのように取り繕った笑みを浮かべている。少し怖いと思った。

オドオドしながら中央に置かれた茶器を取る。蓋を開けて飲もうとして、手が震えた。

「あ……」

熱いお茶の入った茶器が転がるのを、咄嗟に受け止めようとして身体が動かなかった。

「大丈夫か」

きっと眉をひそめているだろう、心配するというより苛立ったようなヴァルティスの声に、ガチャン、と茶器の割れる音がかぶさる。大丈夫、と言って割れた陶器を拾いに椅子から腰を浮かせて——立っていられず床に座り込んだ。

身体の奥が疼いてたまらない。十代の頃から発情期は何度もあったけれど、ここまで激しい情欲を感じるのは初めてだった。

ただ吐き出したいと思ういつものそれとは異なる、胸が引き絞られるような切なさと甘い疼きが身体中に巡っている。

下腹部は硬くなっていて、今にも弾けそうだ。ユノ・ファは震える手でマントの裾を手繰り寄せ、身体に巻きつけてうずくまった。

「いったい、どうしたんだ」

さすがにヴァルティスも怪訝に思ったらしい。席を立って近づいてくる気配があった。

「具合でも悪いのか」

肩に手が置かれる。ほんの少し触れられただけなのに、ぞくりと背筋が震え、「あっ」と我知らず声が出た。

「おい」

「さ、触らないで……」

「……お前」

息を呑《の》む音が聞こえ、ユノ・ファはいっそう身を縮めた。身体がはしたなく欲情していることを、知られてしまっただろうか。

荒い呼吸の合間に、そっと視線を上げる。青ざめた顔がこちらを向いていた。落ちくぼんだ目がぎらりと光ったような気がして、一瞬だけ身体の熱が霧散した。

「発情期か。そうだな？」

ヴァルティスの声は呆れや軽蔑の色はなく、むしろ喜んでいるようだった。薄い唇がひっそりと笑いの形に歪《ゆが》む。

今夜の彼は怖い。前に際どい会話をしてユノ・ファの反応を楽しんでいたのとは、まるで違っている。

何があったのだろう。今のヴァルティスには、まるで余裕がなかった。前からせっかちだったけれど、そうした余裕のなさではない。追い詰められたような、切羽詰まった空気があった。

「立てるか」

まばたきもせずにこちらを見下ろしたまま、ヴァルティスは色のない声で尋ねた。ユノ・ファはわずかに身じろぎして、それからふるふると無言で首を横に振る。

「そうか。では肩を貸そう。さすがの私も、お前を抱えて運ぶのは無理だろうから」

「え……あの、一人で帰れる……う、わっ」

唐突に腋《わき》に手が差し込まれた。ゾクゾクとした感覚が走って声を上げると、「うるさい」と冷たい声で言われた。

ぴたりと隣に合わさった体温は、ヴァルティスのものだ。彼はユノ・ファの腕を自分の肩に回すと、強引に身体を引き上げた。そのまま引きずるように歩き出す。

『や、う、嘘。何、何……』

「なんだそれは、ルーテゥ語か？」

身体はもう、ぐずぐずに蕩《とろ》けきっていて、必死で射精を堪えなければならないほどだった。そんな状況でヴァルティスの身体と密着して、ユノ・ファの思考は混乱を極めていた。

「帰れる、離して」

「うるさい。お前は帰らない」

それはどういう意味なのか、尋ねようとしたところで、いつの間にか扉の前に来ていた。ユノ・ファが入ってきた扉ではない。丸テーブルの奥にある、もう一つの扉だ。ヴァルティスが扉を開ける。それは別の部屋に繋がっていた。

前の部屋よりやや手狭なそこには、天蓋《てんがい》付きの大きな寝台があった。部屋中にヴァルティスの匂いがして、ここが彼の寝室であることに気づく。

ヴァルティスはユノ・ファを引きずって寝台の前まで歩くと、そこにユノ・ファを放り出した。

自由にならない身体が寝具に沈む。その刺激で、ユノ・ファは達していた。

「あ、あ……っ」

ブルブルと震えながら、自分の身体を掻《か》き抱いて縮こまる。じわっとズボンに熱く濡《ぬ》れた感覚があった。青臭い匂いとともに、ズボンに染みが広がっていく。

ユノ・ファは下着をつけていない。人間用の服は尻尾の穴がついていなくて窮屈だから、下着をつけられないのだ。

射精してしまった。粗相をした恥ずかしさに、思わず涙が零れた。

「お前——」

寝台の脇に立つヴァルティスが、訝しげな声を上げる。ちらりと横目で見ると、呆れたような酷薄な表情があった。

「もう漏らしたのか。こらえ性のない奴め」

「う……ご、ごめ……なさ……っ」

軽蔑する声音に、心臓がひやりと冷たくなる。だが身体は相変わらず、火照りを帯びたままだった。

「ごめ……」

「いいから、服を脱げ。頭巾もだ」

言いながらヴァルティスは、ユノ・ファのマントを取り去った。さらにシャツの裾をめくり上げ、ズボンの紐《ひも》に手をかける。

「や、やめ」

「脱げ。粗相をしたのだろうが」

鋭い声で言われ、ユノ・ファは「ごめんなさい」と半泣きになりながら服を脱いだ。目の前の男から隠れるように、もぞもぞと濡れたズボンを脱ぎかける。

遅さに苛立ったのか、再びヴァルティスが手を出してきて、あっという間に裸にされてしまった。まだ硬いままの性器が露出して、慌てて膝《ひざ》を抱く。

「ずいぶん量が多いな」

ぐっしょりと濡れたズボンを指先でつまみ、男が呆れたように言う。恥ずかしくて涙が出た。

「も……帰りたい」

「なぜだ。発情期で苦しいのだろう。出したばかりだというのに、まだ勃《た》ったままだぞ？」

「ひ、やっ、だめっ」

唐突に性器を握られ、悲鳴を上げた。慌てて腰を引こうとしたが、それより前にヴァルティスは大きな手でユノ・ファの肉茎を扱《しご》き始めた。

「あ、あ……やめ、やめて……汚い……」

「汚くはない。湯浴みをしてきたんだろう。湯に入れる香油の香りがする」

すん、と鼻先を首筋に寄せられ、ユノ・ファはいたたまれずぎゅっと目をつぶった。

「……恥ずかしい」

微かに笑う声がした。かと思うと、性器を愛撫《あいぶ》していた手がするりと離れる。恥ずかしいと言ったからやめたのだろうか。

だが再び目を開くと、ヴァルティスは自らの衣服をくつろげているところだった。

「なに……なにしてる」

「服を着たままだと、汚れるだろう」

まるで羞恥《しゅうち》など感じた様子もなく、あっという間に裸になった。白く染み一つない、だが隆々とした筋肉に覆われた完璧な肢体が露《あら》わになる。

逞しい身体つきはルーテゥにも劣らない。背は同じくらいだが、脱いでみるとユノ・ファより一回りほど分厚い肉体を持っていた。

足の間にある雄の象徴も、太く逞しい。そうしてその巨根はすでに、腹につきそうなほど反り返っていた。

先端から蜜《みつ》を零すそれに、思わず目が吸い寄せられる。ヴァルティスは、その視線に気づいて笑った。

「そう、物欲しそうな目をするな」

「し、してない」

「――こちらの方が正直だが」

するりと手が伸びて、再び性器を握られた。

「あ……あっ」

男の裸体を見たせいか、射精してまだ時間が経っていないというのに、そこは今にも弾けんばかりだった。緩く扱かれると、ピュッと潮を噴くように勢いよく先走りが飛ぶ。

「ルーテゥは、獣人の発情期は皆こうなのか。それとも、お前が特別いやらしいのか？」

「や、やめて……ぇ」

「恥ずかしいだのやめてだの言いながら、お前のここは喜んでいるぞ？」

羞恥と快感に耐えきれず身をよじったが、ヴァルティスはわざと詰《なじ》るようなことを言って、手淫《しゅいん》を続けた。

「ず、ずるい。ヴァルティスだって、大きくなってて、やらしい」

目尻《めじり》に涙を溜めながら抗議をすると、男は酷薄そうな笑みを浮かべた。

「やらしい、か。これは、お前のせいだ」

「俺、何もしてない」

「お前の欲情する姿にそそられて、こうなった」

強引で勝手な物言いだ。なのに胸がどきりと高鳴った。ユノ・ファを見て、欲情したと言う。獣人の自分に、情動を感じてくれるのか。

ふわりと、ひとりでに尻尾が揺れた。耳がぴくぴくと動く。嬉しいのだ。意識をすると余計にパタパタと尻尾が揺れ、それが恥ずかしくてぎゅっとそれを掻き抱いた。

「正直な尻尾だな」

ヴァルティスが面白そうに言う。

「み、見ないで」

寝台の端へいざるユノ・ファに、男は喉の奥で笑った。寝台に乗って逃げるユノ・ファに覆いかぶさる。肩を摑まれたかと思うと、額にそっと口づけされた。

「ひゃ」

「ルーテゥでは、口を合わせたりはしないのか」

「する、けど。大事な人とだけ。恋人とか、奥さんとか」

「レトヴィエ人と同じだな」

ヴァルティスは言って、今度はユノ・ファの唇に口づけた。

レトヴィエ人もルーテゥと同じ。大事な人とだけ接吻《せっぷん》する。そう言いながら、ヴァルティスはユノ・ファに口づけた。

ではヴァルティスにとって、ユノ・ファは『大事な人』なのだろうか。

混乱した頭で、青ざめた顔の男を見る。落ちくぼんだ目だけがぎらついていた。

こちらを見据える双眸は冷たい色を帯びていて、とても大事な人、愛《いと》しい者を見る目つきではなかった。

いつかレヴィを思って和らげた、優しい表情とはまったく違っている。

(ヴァルティスは、どうして俺にこんなことするの?)

ユノ・ファの欲情する姿に煽《あお》られたのだと言っていた。大事な人ではないけれど、少しは魅力のようなものを感じてくれているのだろうか。だから手を出すのだろうか。

(少しでも、俺のことといいって思ってくれたら嬉しい)

もしかしたらただの、性欲の捌《は》け口なのかもしれないけれど。それでも、ユノ・ファを『ケダモノ』だと侮蔑しているならば、こんなふうに反応したりはしないはずだ。

発情期による情動と、ヴァルティスの強引で不可解な行為に翻弄《ほんろう》され、混乱した頭でそんな答えを導き出した。

ゆるゆると尻尾を抱きしめていた腕をほどくと、それを承諾の証《あかし》と取ったのか、ヴァルティスはニッと笑ってユノ・ファに口づけた。長い口づけだった。

「ん、んっ」

「鼻で息をしろ。接吻も初めてなのか?」

ユノ・ファが話に聞いていた接吻と、ヴァルティスがするそれは違っていた。

ただ唇を合わせるだけではない。熱い舌が口腔《こうこう》に滑り込み、柔らかい粘膜を嬲《なぶ》る。慣れない感覚に逃げようとすると、うなじを強く掴まれ、口づけを強要された。

「答えろ。これも初めてなのか」

何度も唇を合わせ、離してはまた口づける。その合間に、ヴァルティスが詰問する。

「他の誰かと、こんなふうに親しく唇を合わせたことはないのか？」

「……ない。誰とも、こんなの」

「そうか」

満足そうに笑って、ヴァルティスは再び唇を重ねた。抱き寄せられ、汗で湿った肌が触れ合う。表面はひやりとして、けれど肌を合わせているとじんわり暖かくなった。

「ん……あっ」

唇が不意に離れたかと思うと、肩を押され、どさりと仰向けに横たえられた。ヴァルティスがその上からゆっくりと覆いかぶさる。

「口の中が熱い。発情期だからか」

独り言のように言って、またヴァルティスの舌が口腔を犯す。向かい合わせになった二人の性器が身じろぎするたびに擦れた。

「や、あ……待っ……擦れて……」

「――ああ。触れるたびにぷっくりと硬くなっていくな。肌は浅黒いのに、ここと性器だけが薄紅色で赤ん坊のようだ」

男は笑って、ユノ・ファの両の乳首を指先でつまみ上げた。コリコリと勃起《ぼっき》した乳首を弄《いじ》られ、身体中に痺《しび》れるような快感が走る。

「ひゃ、ん……っ、それだめっ」

「ここが感じるとは、女のようだな。ルーテゥの男は皆そうなのか」

「違っ、んっ、や……ああ……」

乳首を弄られて感じるなんて、自分でも初めて知った。これが普通なのかどうかもわからない。

「ではお前だけがこうなのだな。淫乱《いんらん》め」

「ひ、あっ……あっ」

詰られ、強く乳首を捻《ひね》られて身体が快感に震えた。どろりとした大量の精が腹を濡らし、快楽と羞恥に気を失いそうになる。

「また達したのか。二度目だというのに、すごい量だな。それにまだ硬い。発情期というのは、こういうことか」

「ごめ、なさ……。俺ばっかり」

涙声で謝ると、ヴァルティスはにやりと悪辣《あくらつ》な笑みを浮かべた。

「こちらも楽しませてもらうさ。あいにく私は、お前のように何度もできないからな」

言って、脱ぎ捨てた衣服の中から何かを取り出した。小さな銀細工の瓶で、香油入れのようだ。蓋を開けると甘い香りが鼻先をくすぐった。

「楽しむ？」

「わからないか。これから教えてやる。横を向け」

とろりとした香油を手のひらにたらしながら、ヴァルティスが命令する。よくわからないまま、ユノ・ファはころんと横になった。ふさりと尻尾が揺れ、ヴァルティスが「尻尾が邪魔だな」と呟いた。

「さっきみたいに抱えていろ」

何をするのだろう。疑問に思ったが、言われた通りに尻尾を抱える。すると剝《む》き出しの尻の間に、香油をつけたヴァルティスの指がもぐりこんできた。

「やっ、なっ、何」

「男同士の性交は、ここを使うんだ。私の物を、お前のここに入れる」

「う、うそ」

「嘘じゃない。ルーテゥにも男夫婦がいるのだろう。やり方は変わらないと思うがな」

言いながらも、ヴァルティスは容赦なく指を抜き差しする。

「あ、あ……そんなとこ、だめ……」

「だめ？　抜き差しするだけで射精しそうだぞ。やはり、人間とは身体の構造が違うのか。人間の男は、この辺りを弄ってやると喜ぶんだがな」

太い指がぐりぐりと陰嚢《いんのう》の裏の辺りを刺激する。強い刺激に嬌声《きょうせい》が上がる。

だがそんなことをしなくても、内壁を擦られただけでユノ・ファの身体は悶《もだ》えるような快感を得ていた。

「んっ、それ、や……やめて……ぇ」

尻尾を掻き抱いてひんひん泣くユノ・ファに、見下ろす男の目が鈍く光ったような気がした。

ヴァルティスの白い肌は、先ほど寝室に入った時よりも汗ばんでしっとりしている。身体に見合った大きな雄も、角度を保ったまま蜜を零していた。

こちらを見下ろす、獰猛な輝きを帯びる瞳が怖くて、ユノ・ファは縋るように尻尾を抱きしめた。それを見て、ヴァルティスはふっと笑いの息を漏らした。

「もう少し弄ってやろうと思ったが、こちらが限界だ」

低く呟いて、指を引き抜く。その刺激にユノ・ファはまた声を上げて震えた。

「レトヴィエ人の男娼は皆、女のように細いか、抜けるような白い肌を持っていた。肌が白い方が上品で美しいとされているのだ」

男娼、という言葉は、なんとなく理解できた。ヴァルティスは女のような、白い肌の男を抱いてきたのだ。

「俺、白くない」

悲しくなってぽそりと呟くと、ヴァルティスはまた笑った。存外に優しい笑いだった。

「ああ。濃い蜜を塗ったように滑らかで美しい。お前の肌は美味《うま》そうだ」

「うま……くは、ないでぃす」

焦って発音が下手くそになる。でも怒られなかった。

「お前は男をその気にさせるのが上手いな。……この、よく動く尻尾のせいか？」

抱えていた尻尾を強く摑まれ、ひゃっと悲鳴を上げた。

「それとも、このぴくぴく震える耳のせいか」

「やめ、やめて」

耳をこねるように弄られて、ちょっと痛い。目をつぶると、頭を優しく撫《な》でられた。気持ちよくてうっとりしていると、肩を押されて仰向けに転がされる。

「尻尾はもう放していい。尻を上げろ」

「は、はい」

言われるまま、尻尾を放した。尻をどう上げていいのかわからないし、好きな人の前で尻を上げるなんて恥ずかしい。

もじもじしていると、指示を出された。指示通り、両の膝裏を抱え、ヴァルティスに向かって大きく股《また》を開く。

「こ、これ、やだ。すごく恥ずかしい」

硬いままの性器が震えているのも、指で弄られてひくひくと蠢《うごめ》く秘所も、露わになっている。顔を真っ赤にして訴えると、ヴァルティスは楽しげな笑いを漏らした。

「我慢しろ」

また軽く頭を撫でられ、うっとりしている間にヴァルティスが覆いかぶさってくる。不意に窄《すぼ》まりに添えられた熱いものが、ヴァルティスの陽根だと気づいて慌てた。

「あ、なんで」

「ここで愛し合うのだと教えただろう」

「愛し合う……」

その言葉を反芻《はんすう》する。違和感を覚え、だがそれが何なのかを考える間もなく、雄が入ってきた。

「ひ、い……っ」

「狭いな。痛いか?」

先端を含ませてヴァルティスが尋ね、ふるふると首を横に振った。痛くはない。むしろ指よりも太く熱い塊に肉襞《にくひだ》をこじ開けられる感覚に、身体が喜んでいるのがわかる。

「だいじょ、ぶ。気持ちい……」

ユノ・ファが答えると、ヴァルティスがわずかに目をすがめ、そして一気に腰を突き立てた。

「ああ……っ」

熱い塊がずぶずぶと中に入ってくる。男の吐息が頬にかかり、痺れるような幸福感と快感が身体中を駆け抜ける。

これまでとは比べものにならないほど強い刺激に、ユノ・ファは入れられた途端、三度目の射精をしていた。

「あ、あ、また……」

自分ではどうしようもないのだけど、はしたないくらい感じてしまっている。いつもの発情期なら、さすがに三度立て続けに射精すればしばらくは治まるのに、まだ硬く勃起したままだった。

「中がひくついてる。そんなに気持ちいいか？」

「ん、んっ」

ごめんなさい、と言う前に、ヴァルティスに唇を塞がれた。口づけをしたまま、何度も腰を打ちつけられる。ユノ・ファの秘所はまだ、その太さと長さに十分に馴染んではおらず、激しい動きに翻弄された。

襞を擦られ、指では届かなかった場所を突かれるたびに、ビリビリと強い射精感にさいなまれる。

「待って、あ、そんな……」

こちらの反応を引き出そうというよりも、思わずそうしているといった性急さだった。

「すごいな、お前の中は。きつくうねって……あまり持ちそうにない」

唇を離して、掠《かす》れた声で言うヴァルティスは、本当に辛そうだった。

「ヴァルティス、つらい？」

「……ああ」

「痛い？　ごめんなさい、俺、上手くできない……」

こんなに辛そうなヴァルティスを見るのは初めてだ。額には玉の汗が浮かんでいる。もうやめた方がいいのではないかと、思わず腰を引いた。

「いいや、痛くはない。辛いというのは、そういう意味じゃない。お前の身体が良すぎて、すぐに出てしまいそうだと言った」

珍しく慌てたように言う。その言葉にホッとした。

「良い？　ヴァルティス、気持ちいい？」

「ああ」

「よかった……」

思わず微笑む。ヴァルティスはきつく目をすがめ、ぐっと腰を突き上げた。

「ひ、あ……っ」

最奥への刺激に、また強い射精感がこみ上げる。白濁を帯びた先走りがパタパタと腹を濡らした。

「あ、あ……ん……っ」

ユノ・ファが嬌声を上げると、律動はさらに速く激しくなった。内壁を擦られ、奥を突かれるたびに、鈴口から精液とも先走りともつかない蜜が噴き上がる。まるで射精の瞬間の快感が、延々と続くようだった。

「気持ちいいか？」

鼻先の触れる距離で、男が問いかける。甘い艶《つや》のある声だった。

「ん……すごく」

「よかったな」

ふわりと目元が和む。それが優しくて、胸の奥がきゅうっと引き絞られるように切なくなった。

いじめられてもいないのに、泣きたくなってじわっと目が潤む。

「好き」

気持ちが溢れて、気づいたら口走っていた。

「好き。ヴァルティスが、好き……」

意地悪でも、何を考えているのかわからなくても、ヴァルティスが好きだった。強い快楽に翻弄されながら、うわごとのように呟くユノ・ファに、男は虚を突かれたように一瞬、目を見開いてまばたきした。

「初めて会った時から……大好き」

不意に律動が止まり、後ろを犯す塊が硬く大きくなった気がした。ヴァルティスは答えず、ただ何かを堪えるように、苦し気に眉をひそめた。

「お前は、なぜ……」

言葉を紡ぎかけて、だがその後の言葉が発せられることはなかった。何かの感情を振り払うようにして、ヴァルティスは再び腰を穿《うが》ち始める。

「ん、ヴァルティス……ヴァル……」

切なさと強すぎる快楽に、ユノ・ファはヴァルティスの背に腕を回して縋った。やがて何度も穿たれるうち、ひときわ強い射精感に襲われる。

「あ、うぅ……」

視界が真っ白になり、理性を失って男の背に爪を立てた。

「……っ」

相手が痛みに顔をしかめるのが見えたが、ユノ・ファは何も考えられずに、ただ喉を仰《の》け反《ぞ》らせて精を吐き出していた。

「や、あ……っ」

濃い白濁が腹を濡らす。快楽に震え、尻の窄まりが意識をせずにきゅんと強く男を食い締めた。

「……くっ」

ヴァルティスが苦しげに息を詰めるのが聞こえた。縋っていた背中がぶるりと震え、律動が唐突に停止する。奥がじんわりと温かく濡れるのを感じ、ヴァルティスが射精したのがわかった。

(温かい)

誰かと交わるのは初めてだったが、これをずっと待っていた気がする。同時に、何かに飢えるように常に身を焦がしていた情欲の炎が、ゆっくりと小さくなっていくのを感じた。

その熾火《おきび》はまだ身体の奥に残っていたが、どんなに自分で慰めても尽きることのなかった激しい欲はなくなっていた。

この数日、苦しかった。身体にも力が入っていたのだろう。苦しみが消えると、すうっと四肢から力が抜け、代わりに柔らかな布に包《くる》まれるように眠気が襲ってくる。

「……ユノ・ファ？　大丈夫か」

やはり欲望を吐いて理性を取り戻したらしいヴァルティスが、怪訝そうに覗き込んでくる。何か言おうと思ったのに、ふにゃりと顔が緩んだだけだった。

「おい……」

最後に呆れたような声を聞いた時、ユノ・ファはもう眠りの中に沈んでいた。


それからずいぶん長いこと、眠っていた気がする。

獣人は人間に比べて眠りが浅く、彼らほど長い眠りを必要としない。レトヴィエに来てから、人間はたくさん眠るのだと感心したものだ。

だがヴァルティスに抱かれた後のユノ・ファは、普段よりもずっと深い眠りの底に、長いこと落ちていた気がした。

はっきりとどれくらいかはわからない。ただ、自然に目が明いた時、窓の外は白みかけていた。

見慣れない天井に、自分はどこにいるのだっけ、と一瞬だけ迷う。それからどこかで衣《きぬ》擦《ず》れの音を聞き、はっと目を覚ました。

『ここ、ヴァルティスの……っ』

がばっと寝台から跳ね上がり、下半身にだるさと、それにまだ何かが挟まっているような感覚を覚え、かあっと顔が熱くなった。

キョロキョロと寝室を見回したが、ヴァルティスの姿はない。ユノ・ファはまだ全裸のままで、しかし汚れた身体《からだ》は綺麗《きれい》に清められていた。ヴァルティスが拭《ふ》いてくれたのだろうか。

耳をぴんと張ると、隣の部屋でヴァルティスの微《かす》かなため息が聞こえた。

ユノ・ファは寝台を下りると、身につけるものを探した。ルーテゥ族は慎み深い部族で、人前で裸になったりはしない。昨晩、さんざん裸を見られたのだとしても、そのまま彼の前に出て行くことはできなかった。

辺りを見回したが、昨日脱がされた服はどこにも見当たらなかった。窓際には背もたれのない低い長椅子《ながいす》が置かれていて、その上にマントと頭巾《ずきん》が載っているのを見つけた。頭巾をかぶり、マントを巻きつけてどうにか肌の露出を抑える。そろそろと扉を開いて顔を出した。

「ヴァ、ヴァルティス」

扉を開くと、ふわりとムルカの香りが鼻先をくすぐる。ヴァルティスは丸テーブルについて、ムルカ茶を飲んでいた。

「ようやく起きたのか。よく寝ていたな」

その声は冷静で、ユノ・ファを激しく抱いたのが嘘《うそ》のようだった。なんだか夢でも見ていたような気になったが、そのセリフにちくりと棘《とげ》を感じ、ユノ・ファは慌てて「ごめんなさい」と謝った。

「途中で寝ちゃった。ヴァルティス、もっとしたかったでしょ」

ユノ・ファは何度も射精したのに、彼は一度きりだった。だから物足りなかっただろうと思って言ったのだが、ヴァルティスは苦虫を噛《か》み潰《つぶ》したような顔になった。

「そう言われると、なんだか腹立たしいな」

「う、ごめんなさい……」

「まあいい。今夜は途中で寝るなよ」

言いながらヴァルティスは立ち上がる。よく見れば彼は、金銀の刺繍《ししゅう》で飾られた、上等な長い外套《がいとう》を身につけていた。これからまた、宮廷に向かうのだろう。

「今夜？」

「私が戻るまでここにいろ。また呼び出すのが面倒だからな。食事も、こちらに持ってこさせる」

「ど、どうして」

また今夜も抱かれるのか。いやそもそも、どうしてこんなことになったのだっけ。必死に昨日のことを思い出す。だがヴァルティスはさっさと部屋を出ようとしていた。

「ま、待って。またするの」

「嫌か？」

「え、嫌？　嫌じゃない」

ならいいだろう、と言われたが答えになっていない。必死で外套の裾《すそ》を摑《つか》むと、ヴァルティスは片眉《かたまゆ》を引き上げてこちらを睨《にら》んだ。

「あのでも、レヴィと勉強がある」

「今日は休みだ。今日も、明日も。お前、発情したのはいつからだ。学者の話では、発情の期間はせいぜい一週間程度だと聞いたが」

兆しがあったのは四日前だと言うと、「ではあと三日ほどか」と呟《つぶや》く。

「発情期が終わるまで、ここにいろ。発散しないと辛《つら》いだろう」

その間、毎晩抱かれるということか。どうして、と疑問が頭をもたげる。

ユノ・ファはヴァルティスが好きだ。抱かれて嬉《うれ》しいと思ったけれど、ヴァルティスが自分と同じ気持ちだとは、どうしても思えない。

(なのにどうして、ヴァルティスは俺を抱くの)

昨日、勢いに任せて告白してしまったが、ヴァルティスは何も答えなかった。ユノ・ファの気持ちをどう思っているのか。彼自身の気持ちは？

だが今は、とてもそんな込み入った話ができる雰囲気ではなかった。

「いい加減、手を放せ」

「お、俺の服は」

「洗濯させている。お前が出したもので汚れていたからな」

「あ……」

思い出して顔が熱くなる。ヴァルティスは乱暴に外套を引っ張り、ユノ・ファの手から裾を放させた。

一夜を共にした相手とは思えない冷たさに、悲しくなってしょんぼりとうなだれる。それに気づいたのか、ヴァルティスがいささか気まずそうに咳《せき》ばらいをした。

「着替えを届けさせる。朝食はもうすぐ届くだろう。他に必要なものがあれば、食事を届けにきた者に言え。ここにいる間も不自由がないようにしておく」

「あ、あの、じゃあ散歩。庭を、散歩したい。だめですか」

ここ数日はだるくてサボっていたが、前に摘《つ》んだムルカがそろそろ無くなるはずだ。

ヴァルティスに抱かれ、下半身は重かったが、起きるのもおっくうだった気だるさは消えていた。身体の奥はまだ熱く、眠りに落ちる前に一時治まっていたものがまたぶり返していたが、まだ堪《こら》えきれないほどではない。

抱かれたのがよかったのか、理由は不明だが、ともかく身体が動くうちに崖《がけ》を登りに行きたかった。

「散歩？」

「三日、四日、だるくてあまり外、出てない。ルーテゥ族は太陽の光を浴びないと、元気じゃなくなる」

怪訝《けげん》な顔をする相手に、ユノ・ファは必死で言い訳を考えた。山岳地帯は日照時間が少なく、日光浴をするのはルーテゥ族の習慣だが、そこまで切羽詰まった問題ではない。日光が必要なのは必ずしも嘘ではないが、まあ方便だ。

しかしヴァルティスはユノ・ファの浅黒い肌を眺めて、納得したらしい。

「人前では耳と尻尾《しっぽ》を隠せ」

とだけ言われた。そのまま扉を開けようとした時、外から侍女の声が聞こえた。ユノ・ファの朝食を持ってきたのだという。

ヴァルティスが扉を開けると、見慣れない侍女が恐縮したように頭を下げて入ってきた。

身につけているのは頭巾とマントだけ、というユノ・ファは、慌ててテーブルの奥へ身体を隠した。

「お前の朝食だ。ゆっくり食べるといい。この者に、替えの服を持ってくるように」

王の言葉に、侍女は恭しくうなずいた。丸テーブルにユノ・ファの朝食が並べられる。

大きくて柔らかそうな丸いパンと、湯気の立ったスープ、それにムルカ茶だ。同時にヴァルティスが飲んでいた茶器が下げられた。

「ヴァルティス、ヴァルティスは？　ごはん。食べてない」

はっとそのことに気づき、部屋を出て行くヴァルティスを呼び止めた。

「今朝《けさ》はいい」

素っ気ない返事が返ってきたが、侍女の気がかりそうな顔を見て、朝食を食べないのが今日ばかりではないと悟った。

　今朝は少し顔色が良く見えるが、以前に比べて痩《や》せているのは事実だ。きっと朝食だけでなく、ろくに食事も摂《と》っていない、寝てもいないのだろう。

「ごはん食べなきゃ、だめ。ヴァルティス、死んじゃう」

「朝食を抜いたくらいで、人間は死なん」

　そのまま部屋を出て行ってしまう。ユノ・ファは咄嗟《とっさ》にパンを掴み、パン皿の横に置かれた手拭き布に包むと、ヴァルティスを追いかけた。

　廊下を歩きかけていた彼の前に回り込み、無理やりパンの包みを押しつける。ヴァルティスは不機嫌そうに眉をひそめた。

「なんの真似《まね》だ」

「食べて、ください。お願い。もっと痩せたら、ほんとに死んじゃう」

　お願いしますと、繰り返し懇願した。ヴァルティスはしばらくユノ・ファを睨んでいたが、やがて根負けしたようにため息をついた。

　ひったくるようにしてユノ・ファの手からパンの包みを取ると、ユノ・ファの後ろに向かって声をかけた。

「着替えと一緒に、パンも持ってきてやれ。スープだけでは足りないだろう」

振り返ると、侍女が戸口から心配そうにこちらを見ていた。再びヴァルティスの方を向くと、彼は早足に去っていくところだった。

「お昼！　お昼ごはんも、ちゃんと食べてね」

その背中に呼びかけたが、ヴァルティスはもう、振り返りもしなかった。部屋に戻り、温かいスープを飲む。余計なことをしたかもしれないと、今さらながらに反省した。

スープを飲み終えた頃、先ほどの侍女がパンと着替えを持って戻ってきて、「助かりました」と声をかけてきた。

「しばらく、陛下はろくにお食事も召し上がらなかったので。パン一つでも、食べてくだされば安心します」

彼女の話によれば、やはりヴァルティスは城内で食事を食べていなかったらしい。宮廷での執務中、お茶と一緒に少し食べ物をつまむ程度だったと言い、目に見えてげっそりとしていくヴァルティスを、周囲の者たちは心配していたのだそうだ。

あまり勧めると、機嫌を悪くしてしまう。だからといってヴァルティスが使用人たちに不当な仕打ちをすることはなかったが、侍女たちは王の不機嫌な顔が怖くて、あまり強くは食事を勧められなかったのだそうだ。

やっぱりみんなも、ヴァルティスが眉間《みけん》に皺《しわ》を寄せるのが怖いのだなと、ユノ・ファは納得する。

「へいか、忙しいですか」

「そうですね。こちらのお住まいにはお戻りにならず、宮廷で夜を明かされることもありましたし。けれど忙しさもありますが、ご心労から食欲が落ちていらっしゃるようでした。夏瑠璃《なつるり》のお茶ばかり飲んで」

多忙と重圧が、ヴァルティスを疲弊させているのだ。ユノ・ファは侍女に礼を言い、服を着て朝食を済ませた。

頭巾をきっちりとかぶり、マントを羽織って、人目につかないよう外に出る。ヴァルティスから許可を得たので、堂々としてもいいのだろうが、誰《だれ》かに注意されても面倒だ。

日中なので、さすがに人の行きかいは夜より多かった。顔馴染《かおなじ》みの使用人や警備兵は、ユノ・ファに気づくと気さくに挨拶《あいさつ》をしてくれる。

だがあまり面識のない人々は、明らかにレトヴィエ人ではないユノ・ファの姿に、さっと身をこわばらせることもあった。いくら頭巾やマントで隠しても、獣人だと気づかれているのかもしれない。

怯《おび》えたような顔をされるのは、いつまでも慣れないが、それでも最初に来た頃よりはだいぶ人に受け入れられるようになった。

（こんなことくらいで、落ち込んでる場合じゃないよな）

ヴァルティスはもっと大変な思いをしているのだ。東方からの侵攻の噂《うわさ》は気になるが、ヴァルティスに対して容易には問い質《ただ》せない。

聞いても答えてくれないかもしれないし、すでに噂が城内に広がっていると知ったら、さらに悩ませてしまいそうだ。

レヴィや馴染みの警備兵が言っていた通り、どんなに心配してもユノ・ファにできることはない。今できるのはただ、ヴァルティスにわずかな癒《いや》しを与えるムルカを摘みにいくことくらいだ。

人目を避けて裏の山にたどり着くと、変身をせずにそのまま崖を登った。昼間だし、ある程度の高所まで登らないと人目につく恐れがあったからだ。

変身をせずとも、時間をかければ崖を登ることはできる。だが発情期によって熱を帯び、昨晩は激しく抱かれたこともあって、いつもと勝手が違った。

普段なら易々《やすやす》と飛び移れる岩場と岩場の距離が、あと少し届かない。おかげで岩場から落下しかけ、ひやりとする場面が何度もあった。

爪《つめ》が割れて手の皮が切れ、血でさらに滑る。どうにかムルカの咲く場所まで登り、摘めるだけのムルカを摘んだ。

マントで丁寧に包んで背中に結び、もと来た崖を下りる。四本の足の時もそうだが、登るより下りる方が大変だった。

『あ、綺麗な花』

あともう少しで崖を下りきる、というところで、手をかけた岩場に淡い桃色の綺麗な花がちらほら咲いているのを見つけた。ムルカのように香りは濃くなく、ほんのりと優しい匂いがする。

(部屋に飾ったら、少しはヴァルティスの気分が晴れるかな)

王としての重責に苦しむ彼を、少しでも癒せたらいい。そんな気持ちから、ユノ・ファは花にそっと片手を伸ばした。

『あっ』

摘み取って手元に寄せた瞬間、足場にしていた岩が崩れた。手を出そうとして、摘んだばかりの花が目に入った。離したくないという気持ちが先に立って、咄嗟の判断が遅れてしまった。

重心を失って、あっという間に崖から落下する。

『っ……痛ぁ……』

強い衝撃を受け、思わず声を上げた。背中のムルカと手の中の花を守ろうとして、身体を捻《ひね》ったせいで、右肩から落ちてしまった。背中や頭を打たずに済んだのはよかったが、起き上がろうとすると右肩がひどく痛んだ。

『馬鹿だなあ、俺』

崖から落ちるなんて、ルーテゥらしくない。ああこんな時、翼があればと思う。そうすればユノ・ファ一人でも、東方からの侵攻の盾になってレトヴィエの人たちを守ることができたかもしれないのに。

もしも今、敵が攻めてきたら。自分はどれくらいの戦力になれるだろう。人間を傷つけたくはない。たとえレトヴィエ人にとって敵でも、人間は人間だ。できるなら、誰とも戦いたくはなかった。

だがきっと東方からの侵攻に対して、自分はヴァルティスたちのために戦うだろう。ヴァルティスやレヴィ、それに自分に優しくしてくれた城の人たちを守りたい。

『俺じゃあ、時間稼ぎにしかならないけど』

落ちた崖の下でしばらくじっと倒れていると、肩の激痛も少しずつましになった。身じろぎして、どうやら骨は大丈夫だと判断する。

動くとやっぱり痛んだが、大した怪我《けが》ではなさそうだった。手の中の花は無事で、へまをして落ち込んだ気持ちもすぐに浮上した。マントの中のムルカも、ところどころ押し花のようになってしまったが、お茶にする分にはまったく問題ない。

花とムルカの包みを抱え直し、まっすぐ部屋に戻った。昼食の時間までに戻らないと、城の者たちが心配する。

ヴァルティスの部屋に戻り、手洗い水であちこちについた泥や血を拭《ぬぐ》った。服も汚れてしまったが、幸い破れてはおらず、パタパタとはたいたり伸ばしたりして格好をつけた。

血を拭ってしまえば、無数の傷も目立たなくなった。腕や足の傷は服で隠れたし、割れた爪や皮がめくれた手のひらも、相手の目の前に出さなければ怪我をしているとはわからないだろう。

やがて、朝に世話をしてくれた侍女が昼食を運んできた。ユノ・ファは、マントいっぱいのムルカを差し出す。

「すごいわ。噂には聞いておりましたけど、本当に夏瑠璃を摘んでこられるなんて。しかも、こんなにたくさん。獣人……いえ、ルーテゥ族の人は器用なのですね」

ユノ・ファが数日おきにムルカを摘んでくることは、他の侍女から聞いていたらしい。

そんなふうに褒めてくれた。

以前は獣人とか、ひどい時には「ケダモノ」と呼んでいた城の人たちが、今は『ルーテゥ族』と、ルーテゥの言葉で呼んでくれる。些細《ささい》なことだが、胸がほっこりした。

ムルカを引き取ってもらい、昼食のお礼を言う。それから思い出して、部屋を出かけた侍女に声をかけた。

「コップとか、ないですか。これを入れたい。綺麗だから、この部屋に飾りたい」

桃色の花を見せると、「あら素敵」と侍女は頰《ほお》を和ませた。

「陛下は、お顔に似合わず花がお好きなんですよ。レヴィ様が幼い頃はよく、庭で摘んだ花をお持ちになられて、とても喜んでおられました」

顔に似合わず、という侍女の話に、ちょっと笑ってしまった。あとで何か器を持ってきてくれるというので、昼ごはんを食べる。温かいスープを飲み、火で炙《あぶ》ったパンを齧《かじ》りながら、ヴァルティスはちゃんと食べているだろうかと考えた。

昼食を下げに現れた別の侍女が、小さな壺《つぼ》に水を入れて持ってきてくれた。ただの飾りの壺だと言うが、花を一輪挿すのにちょうどよかった。

侍女がいなくなると、花をどこに置こうかあれこれ考えた。窓際に置いたり、寝室に移動させたりして、結局は丸テーブルに置いておくことにする。

何もしないのは暇なので、午後は自分の部屋から本と塗板を取ってきて、レトヴィエ語の勉強をした。

夕方になって、侍女が食事を持ってきてくれたが、その頃にはまた身体がだるく、奥がじんじんと疼《うず》き始めていた。

昨晩、ヴァルティスに奥で出された時の感覚を思い出し、またああしてほしいと強く思う。好きな人に抱かれたい、という恋情もあるけれど、身体が渇いたように相手の精を欲していた。

発情期というのは、本来そういうものなのだろうか。恋人を持ったことのないユノ・ファは、同年代の男たちのそうした話に入っていけず、知識も偏っている。恥ずかしがらずにもっと聞いておけばよかったな、と今さらながらに思った。

(みんな、どうしてるだろう。父さんやウー・ファァランは)

夕食を終えて、窓際の長椅子にぐったりと身をもたせかけながら、父や、兄弟のように育った従兄《いとこ》の顔を思い浮かべた。

東方からの進軍は、ユノ山脈を越えてくるのだろうか。ルーテゥ族は彼らをどう扱うつもりなのだろう。あるいは、東方の帝国は獣人を見つけてどうするつもりなのか。

みんな無事でいますように、とユノ・ファは祈ることしかできない。

故郷は心配だが、家を出てレトヴィエに来たことを後悔してはいなかった。きっとヴァルティスに出会い、レヴィや優しい人間と触れ合うことができたからだ。

火照《ほて》って疼く身体をなだめながら、ヴァルティスが戻るまで寝室の長椅子でうつらうつらしていた。

隣の部屋からヴァルティスの声が聞こえてきたのは、夜が更けてずいぶん経ってからのことだ。

侍女らしい女の声との会話が聞こえて、ユノ・ファは長椅子から飛び起きた。

「お帰りなさい」

勢いよく扉を開けると、驚いた侍女が小さく息を呑《の》み、ヴァルティスもわずかに目を見開いた。だがすぐに眉間に皺を作り、

「人前に出るなら、頭巾をかぶれと言っただろう」

と言う。部屋にいる間、邪魔なのでつい外してしまっていた。ヴァルティスと二人きりの時は特に言われないのだが、今は侍女がいるからだろう。

慌てて寝室に引き返し、頭巾とマントを身につける。居室に戻ると、侍女が二人分のムルカ茶を置いて去っていくところで、肩透かしを食らった気持ちになった。

ヴァルティスは丸テーブルに座って茶器の蓋《ふた》を取り、ゆっくりとムルカ茶の香りを堪能《たんのう》する。こわばっていた表情が和むのを見て、ユノ・ファは嬉しくなった。自分もテーブルに座ってお茶を飲む。美味《おい》しい。崖から落ちて、花の一部がぺしゃんこになってしまったが、味には問題なさそうだ。

顔を上げると、ヴァルティスはテーブルに飾られた桃色の花を見ていた。気づいてくれたのだ。ユノ・ファはうきうきしながら話しかけた。

「花、綺麗でしょ」

「ああ、そうだな。これもレヴィが持ってきてくれたのか？」

「えっ？　えっと」

「おそらくレヴィだろう。あれは優しい子だ」

断定されると、ユノ・ファも自分だとは言い出しにくくなった。それに、ムルカもレヴィが行商人から買っているということになっているのだ。

散歩を許可してもらったとはいえ、それまでは無断で遠くまで出歩いていた。今も詳しくは打ち明けない方が無難だろう。

それに、と花を眺めるヴァルティスを見て、ユノ・ファは思う。

(俺からだって知れたら、こんなに喜んでくれない)

レヴィがくれたと思っているから、ヴァルティスの心も癒されているのだ。ユノ・ファはこっそりとため息をついた。

「お前」

「っ、はい」

不意に声をかけられてどきりとする。ヴァルティスはいつの間にかこちらを見ていて、やっぱり眉間に皺を寄せていた。

「その怪我はどうした」

あ、と思い出す。昼間は隠していたが、痛みが薄れてきたので忘れてしまっていた。

「庭で散歩して」

「散歩だけで、そんなに怪我をするのか？　爪が割れているだろう」

「えっと、転んだり、木に登ったり。ルーテゥの散歩、激しい」

激しい散歩など、ルーテゥだってしない。故郷の仲間に謝りつつ、言い訳をする。ヴァルティスも胡乱《うろん》そうな目でユノ・ファを見ていたが、やがて些細な問題だと思ったのか、何も言わなくなった。

二人の間に沈黙が落ちる。今まではユノ・ファが部屋に着いた途端、時間が惜しいと言わんばかりに、ヴァルティスが一方的かつ立て続けに質問をしていたから、どちらも喋《しゃべ》らない時間などなかった。

気まずいな、と思いながらお茶を飲んで、そう言えば聞きたいことがたくさんあるのだと思い出した。

「ヴァルティス、ごはん食べた？」

まずは、当たり障りのない話題から、と口を開いたのに、ヴァルティスはじろっと不機嫌そうにユノ・ファを睨んだ。

怯《ひる》みそうになったが、侍女が「助かりました」と言っていたのを思い出す。ヴァルティスはいつだって不機嫌で怖いのだ。いちいち怯んでいては、会話ができない。

「ちゃんと食べないと、ダメです。ヴァルティス、やせすぎ。目がギョロギョロしてる」

思い切って小言を言ったら、ものすごい目で睨まれた。怖くて謝りそうになったが、勇気を振り絞って相手を見つめ返した。数秒の後、ヴァルティスの方が視線を外す。

「今朝、お前のパンを食べた。昼は軽く菓子をつまんだだけだが。夜も会議の前にスープとパンを食べている」

ぶっきらぼうだが、確かにそんな言葉が返ってきて、ユノ・ファはぱちぱちとまばたきした。もしかして、自分が言ったから食べてくれたのだろうか。徐々に喜びが込み上げてきて、にんまりした。

「よかった。心配してた。ありがとう」

ヴァルティスが、自分の言うことを聞いてくれた。うきうきしながら礼を言うと、男は不機嫌そうに「ふん」と、鼻を鳴らした。

「礼を言われる筋合いはない」

それからお茶を飲み干すと席を立ち、「寝るぞ」と告げて寝室に入ってしまった。ユノ・ファも早く来いということだろう。まさか、ここまで待たせておいて帰れと言うわけではあるまい。

ユノ・ファは急いでお茶を飲み、ヴァルティスを追いかけた。

「わ、わ」

扉を開けると、ヴァルティスが衣服を脱ぎ捨てているところだった。隆々とした上半身は剝《む》き出しになり、さらにためらいなく下穿《したば》きも脱いでいく。ユノ・ファが声を上げると、ヴァルティスはうるさそうに振り返った。

「お前も脱げ」

「ぬ、脱がない」

「服を着たままやる気か？」

それならそれでもいいけどな、と呟く。

「寝るって言った。おや、おやすみ。風邪《かぜ》ひくので、服着た方がいいです」

顔を赤くしながら言うと、男は皮肉っぽく笑った。

「寝室に二人で入って、何もせずに寝るわけがないだろう。それに、お前の下半身は準備ができているようだがな」

下腹部を示され下を向くと、ズボンの前が隆起していた。

「あ、これは……」

いつの間に勃起《ぼっき》していたのだろう。恥ずかしくて隠すように横を向く。

「いいから脱げ」

「今日も、するの？」

「今朝言わなかったか。発情期なんだ。しない方が辛いだろう」

ユノ・ファはそうだが、ヴァルティスはどうして協力してくれるのだろう。

「ヴァルティス、疲れてる。早く寝た方がいい」

「私は疲れている時の方がむしろ、したくなる。朝もぐちゃぐちゃ言っていたな。そんなに私に抱かれるのは嫌か」

「え、い、嫌じゃないけど」

ならいいだろう、と素っ気なく言われ、服を脱げとせっつかれた。頭巾とマントを外し、モソモソ服を脱ぎながら、ちらりと相手を窺《うかが》い見る。

「こういうの、好きな人とするべき」

「……好き？」

くすっと冷たく笑う声がした。ヴァルティスは一糸まとわぬ姿のまま、ユノ・ファに近づく。冷徹な目で見下ろされ、ぞくりと背筋が震えた。剝き出しになった腰骨をつ、と撫《な》でられて、ふるっと耳が揺れる。

「お前は私を好きだろう？」

吐息がかかるほど間近に、ヴァルティスの顔があった。甘くからめ取るような声音に、身体の奥の熱が増幅される。

「す、好き」

答えると、深く微笑《ほほえ》まれた。つりこまれるように緑灰色《りょくかいしょく》の瞳《ひとみ》を見つめるユノ・ファに、ゆっくりと口づけする。

「ん、んっ」

甘く深い口づけに、理性が吹き飛びそうになる。昨晩の行為を思い出し、下半身が重くなった。

「肩に打ち身ができてる。ずいぶん、あちこち怪我をしているな」

口づけの合間に、ふとヴァルティスが怪訝そうな声を出したのでギクリとする。

「さ、散歩……」

あくまでも言い張ると、それ以上は聞かれなかった。腰を抱かれ、いきり立った下半身を押しつけられると、ユノ・ファの身体も理性もトロトロに蕩《とろ》けていった。

ヴァルティスは何を思って連日、自分を抱くのか。尋ねようと思っていたことも、口に出せなくなる。

寝台に押し倒され、昨日より性急に感じる愛撫《あいぶ》を受けながら、ユノ・ファは快楽の沼に沈んでいった。


翌朝、目を覚ますと、隣ではまだヴァルティスが眠っていた。仰向けになって青白いまぶたを閉じ、上掛けの下の胸が規則正しく上下している。剝き出しの肩は裸で、少なくとも上半身は何も身につけていないようだ。ユノ・ファも全裸のままだった。

どうやらまた、行為の途中で眠ってしまったらしい。

昨晩は最初に中に出された後、ユノ・ファは意識を失うことがなかった。ただやはり、もどかしく苦しいような疼きが一時去り、身体が弛緩《しかん》して性的な快感とは別の心地よさを感じた。

繋《つな》がったまま、ヴァルティスが再び挑んできて、あちこちねっとりと愛撫をされ、意地悪な言葉で翻弄《ほんろう》された後、二度目の精を受けた。ユノ・ファがその間に何度射精したのか

は、もう覚えていない。

二度目に精を受けた後、すうっと眠りが襲ってきた。そうして気づいたのが今、というわけだ。

そっと確認した身体はさらりと乾いていて、情交の跡はなかった。

（またヴァルティスに、後始末させちゃったんだ）

恐れ多くも国王陛下に、と申し訳なく思うが、行為の後はどうしようもなく眠くなってしまう。

発情期の身体の熱も今は遠くなっていて、しかもだんだんと小さくなっていくようだ。そろそろ周期の終わりなのだろう。

（そしたらもう、ヴァルティスには抱いてもらえないんだ）

次の発情期は一年後。その時、ユノ・ファはここにいるだろうか。強引に抱かれて面食らったけれど、次がないかもしれないと思ったら、切なくて悲しくなる。

――お前は私を好きだろう？

甘い毒のような声を思い出す。そう言うヴァルティスは、ユノ・ファを愛してはいない。するとこの行為は、ユノ・ファの発情期に乗じた性欲処理なのだろうか。

「……ん」

美しい男の寝顔を眺めながら、つらつらとそんなことを考えていると、青白いまぶたが動いて男が低く呻《うめ》いた。

ぱちりと目が開いて、首がゆっくりと傾いてこちらを見た。

「お、おはよ」

ヴァルティスはしばしの間、ぼんやりしていた。珍しく無防備な姿に、ユノ・ファは内心でドキドキする。

緑灰色の瞳の焦点がだんだんと合っていって、やがて眉間に皺が寄った。首をもとに戻して、深いため息をつく。

それがいかにもうんざりした様子に見えて、ユノ・ファはちょっと傷ついた。

「二人で寝るの、狭い。ヴァルティス、よく寝られなかった?」

行為の後にすぐ眠り込んでしまうのが、よくなかったのかもしれない。いつも一人で寝ている寝台に、男二人で寝るのは狭いだろう。

「ごめんね」

謝ると、眉間の皺はさらに深くなった。朝から怖い、と思っていたら、またため息をつかれてしまった。

「なんでも謝るな」

「う、ごめ……」

また謝りかけて、慌てて口をつぐんだ。

「別に狭くはない。むしろよく寝すぎたくらいだ。お前の体温が暖かいからな」

ヴァルティスは言って、ふいっと反対側へ首を向けた。不機嫌そうな声だったから、言葉の意味を飲み込むのに時間がかかった。無言のまま息を呑むユノ・ファへ、ヴァルティスはわずかに首を傾ける。

「……なんだ」

「なんでもない。嬉しかっただけ」

照れ臭さに微笑むと、苦い顔をされた。

「お前……ユノ・ファ」

「はい」

滅多に呼ばれない名前を呼ばれ、笑顔のまま返事をする。ヴァルティスはそれに一瞬、鼻白んだ表情を見せた。何か言いかけて口を開き、またためらう。

「ヴァルティス？」

「……いや」

それきりヴァルティスはしばらく、天井を見据えていた。表情はなく、何を考えているのか計り知れない。

やがて強く目をつぶり、息を吐いた。少し辛そうだった。

「お前の身体はどうだ。まだ発情期は続きそうか」

ぽつりと尋ねられる。なんとなく、それは本当に尋ねたかったことではない気がした。

「たぶん、もうすぐ終わる」

答えると、そうか、と静かな声が返ってくる。それ以上は何も言わず、ヴァルティスは起き上がった。身支度を始めたのを見て、ユノ・ファも手早く服を着る。

居室へ移動してヴァルティスが侍女を呼び、朝食を持ってこさせた。二人で朝食を食べる。睡眠と食事をきちんと摂っているおかげか、ヴァルティスの顔色は数日前よりもかなりましになっていた。

あの、追い詰められたような空気もなくなったが、ヴァルティスを悩ませる事態は解決に向かっているのだろうか。

食事の後、また今夜もここで待つようにと言い、ヴァルティスは宮廷へ向かった。侍女が朝食の皿を片づけて去ってしまうと、ユノ・ファは部屋にぽつんと一人きりになった。

仕方なく、今日も一人で勉強を始めてみる。いつもレヴィと二人で勉強しているから、一人というのはかなり退屈だった。食事を持ってくる侍女と二言、三言話すだけで会話もないから、気持ちが塞《ふさ》ぐ。

（レヴィ、どうしてるかな）

もう何日も会っていない。体調は良くなったのだろうか。そういえば、レヴィが馴染みだと言っていた行商人の話をヴァルティスに告げるのを、ずっと忘れていた。

今日、彼が戻ってきたら忘れずに話そう、と心の中に書き留める。一日勉強をして、夕食を終えると湯浴《ゆあ》みをしてヴァルティスを待った。

身体の中にあった熱は、もうほとんど消えかかっていた。切ないような情交の欲求も治まりかけている。きっと、今日あたりで発情期は終わるのだ。

ヴァルティスに抱かれるのも、今夜が最後になるかもしれなかった。

落ち着かない気持ちで彼を待ったが、いつまで経っても戻らない。きっと、仕事が忙しいのだろう。

しかし、夜が更けてもまだ戻らない。もっと遅くなるのだろうか。それとも、今夜は帰らないのか。

待ちきれなくなって、ユノ・ファはそっと部屋を出た。ヴァルティスに見られたら、また怒られるかもしれない。だがもう、一人でこもって待つのは飽きていた。

こそこそと庭を出て、宮廷の方へ向かって歩く。ヴァルティスの城から執務を行う宮廷へは、綺麗に舗装された道が続いていて、ユノ・ファはそこをわざと外れて草むらを歩いた。やがて、ほの暗い松明《たいまつ》に照らされた宮廷の建物が少し先に見え、不寝番の警備兵たちがあちこちに立っていた。

ユノ・ファはその手前、石畳の脇《わき》にしつらえられた花壇の辺りでヴァルティスを待つことにした。

宮廷の要人たちが休むためのものか、花壇の前に石を切り出してできた丸みのある椅子が二つ、並べられていたからだ。

（ヴァルティス、こんなところまで来たら、怒るかなあ）

でも今朝、一緒に食事をした時は、相変わらずむっつりしていたけれど、眉間に皺は寄っていなかった。ユノ・ファが話しかけても鬱陶《うっとう》しそうにすることはなくなり、普通に会話してくれるようになっている。なんとなく、打ち解けた気がしていたのだ。

でも、またヴァルティスを怒らせるのは嫌だ。彼が戻ってきたら様子を見て声をかけようと思った。機嫌が悪そうだったら、そっと一足先に戻ろう。

キョロキョロ辺りを見回して、こちらに来る人影がないのを確かめると、頭巾を外して耳をぴんと立てた。

獣の姿の時の方が耳はよく聞こえるが、今のままでも、耳を澄ませばかなり遠くまで聞こえる。少なくとも人間よりは耳が良かった。

月明かりの下、花壇の花を眺めたり、花に這《は》う虫を突《つつ》いたりして時間が過ぎる。ユノ・ファの耳にはその間、警備兵たちの微かな雑談くらいしか入ってこなかった。

それからどのくらい時間が経っただろうか。さすがに眠くなって、こくりとこくりと船を漕《こ》いでいると、「義父上《ちちうえ》」という若い男の声が聞こえた。

「では、本当のことなのですか」

声は存外にすぐ近くでした。

「声が高い」

ぼそりと言った声はヴァルティスのもので、ユノ・ファはおたおたと立ち上がり、木の陰に身を隠した。

宮廷から自分の城に戻ろうと石畳を歩きかけたヴァルティスを、一人の青年が呼び止めている。以前にユノ・ファも会ったことがある、皇太子のオルゲルトだ。

前に話した時は、皇太子なのに偉ぶったところのない、気さくな青年といった感じだったが、今は険しい表情で義父のヴァルティスに追いすがっていた。

「お前も早く、自分の城に戻って休め」

対するヴァルティスは素っ気ない。それでもオルゲルトは戻る様子はなく追いかけ、ヴァルティスも仕方なく一緒に歩いているというふうだった。

「お答えください、義父上。本当なのですか。義父上が、あのユノ・ファと……」

唐突に自分の名前が出てきて、びっくりする。

「ユノ・ファなら、一昨日……いやもう、三日前になるか。私の閨《ねや》にいる」

ヴァルティスの乾いた声と、おそらくオルゲルトのものであろう、息を呑む音が聞こえた。

「なんだ、その顔は。お前もあれを、素直な良い青年だと認めていたではないか。耳と尻尾がある者と、同衾《どうきん》してはならないか？　獣人とまぐわう義父を軽蔑《けいべつ》するか」

ユノ・ファは心臓がばくばくと速くなるのを感じた。おそらくヴァルティスの周りの使用人たちは、ここ数日、ユノ・ファと夜に何をしているのか知っているだろう。知っていて知らぬふりをしているのだろうが、義理とはいえ息子に知らせてしまっていいものか。

レトヴィエ人の常識はわからないが、ルーテゥ族のユノ・ファが考えても、人間が……それも一国の王が獣人の男と交わるなど、周囲に受け入れられざる行為なのではないか。

さらに公になれば、ヴァルティスの名誉に関《かか》わるのではないだろうか。

ユノ・ファの隠れる木の陰から、やや離れた石畳を二人は通り過ぎて止まった。

（俺が誘ったって言おうか）

オルゲルトの悲愴《ひそう》な面持ちを目にして、そんなことを考える。獣人だからと差別されるのは悲しいが、無理もないことだとも思う。親子の仲に亀裂が入るより、自分が悪者になった方が波風は立たないだろう。

オルゲルトの表情は、苦悩に満ちたものになっていた。

「義父上を軽蔑など……。ユノ・ファも良い青年です。お二人が愛し合って、互いに望んで一緒になるなら、私も反対しません。いいえ、たとえ周りの者が反対しても、私だけはお二人の味方になりましょう」

思いがけず熱い言葉に、ユノ・ファは胸の奥がじんと熱くなった。ヴァルティスも意外だったようだ。珍しく、柔らかな優しい笑みを浮かべた。

「オルゲルト」

ですが、と青年は悲しげな声を上げる。

「ルーテゥ族との交渉のためだというなら、反対です。ユノ・ファも可哀《かわい》そうですが、これではまるで、義父上が国のために身を売るようではないですか。ルーテゥの協力を得るために仮初めの、偽りの婚姻を結ぶなど――」

月夜に照らされた庭に、オルゲルトの声が虚《むな》しく響く。そよりと風が吹いた。

あんなに頑張って、レトヴィエ語を勉強しなければよかったと、ユノ・ファはぼんやり思う。

もしもレトヴィエ語が怪しいままなら、オルゲルトの言葉も理解せずに済んだのに。

「オルゲルト」

もう一度、優しい声でヴァルティスは息子を呼んだ。

「お前は優しい子だ。その優しさ、実直さが私には好ましい」

「義父上」

「人の上に立つには優しすぎるという家臣もいるが、私はそのまま変わる必要はないと思う。お前にも王の資質は備わっているのだからな。すなわち、王としてこの国のために、すべてを捧げられる覚悟を持つかどうかだ。私はお前と同じくらいの年に即位をして、良き君主たらんと私欲を捨てて生きてきた。自分が良い王なのか、私自身には判断がつかない。また自ら判断すべきものでもない。ただ誰より、国のために働いてきたということだけは自負している。この国の人々を救い、国を存続させるためならば、私は喜んで自らの命を捧げよう。生きながら敵に屠《ほふ》られ苦しむことがあっても、それで我が民たちが生き延びられるなら、喜んで死ぬ覚悟がある。その覚悟を以《もっ》てすれば、獣人と交わることにためらいなどあろうか」

頭の中で、不可解だったことが繫がった。東方からの侵攻の噂、唐突にユノ・ファァを呼びつけ、ルーテゥ族の情報をあれこれと知りたがったヴァルティス。男同士はまぐわうのかと話題を振った時の、彼の突然で妙な雰囲気。

それから、ユノ・ファァを抱いたこと。

東方からの侵攻を恐れるレトヴィエ王国は、ユノ山脈を領域にするルーテゥ族の支援が欲しかった。

「ルーテゥ族は真面目《まじめ》な部族なのだそうだ。軽々しく情を交わしたりはしない。まして異種族の王となど。今夜で三日目。婚姻という既成事実としては、十分だろう」

「それで、ルーテゥ族と交渉をすると？　そう上手くいくのでしょうか。……その、義父上が身体を張ったなりの対価は得られるのか――」

ヴァルティスは笑う。

「上手くいこうがいくまいが、我々には他に道がない。私のことは心配しなくていい。そんな王の矜持《きょうじ》や立場などに構っている余裕はないのだ。敵軍はすぐそこまで迫っているのだからな」

――お前は私を好きだろう？

ヴァルティスは、ユノ・ファァを好きとは言ってくれなかった。好かれて抱かれているわけではないことくらい、わかっていた。

（だから大丈夫。今さら傷ついたりしない）

ユノ・ファは音を立てないように、その場を立ち去った。

自分はこれから、どうすればいいのだろう。どうすべきなのだろう。ヴァルティスが、レトヴィエの人たちが困っている。自分も役に立ちたい。

だが、ルーテゥ族との交渉が上手くいくとは思えない。時間をかけて根気強く交渉をすれば、道は開けるだろう。ルーテゥ族だって、人間と交易ができれば豊かになる。

ヴァルティスにも告げていない、ルーテゥ族だけの物産が存在する。首長である父は反対していたが、ウー・ファランや若い有翼の一派はこれを外に売りたがっていた。

（でも、急には無理だ。俺の存在だけではどうにもならない）

ユノ・ファは少し迷って、ヴァルティスの寝室へ戻った。ヴァルティスに好かれていないことはわかっていた。でも、話を聞いてしまった今、なんでもないふりはできない。

少しして、居室の扉が開く音がして、ヴァルティスが侍女にお茶は不要だと言っているのが聞こえた。寝室の長椅子に伏せっていたユノ・ファは、ゆるゆると身を起こす。

やがて足音が近づいてきて、ヴァルティスが寝室に入ってきた。

「起きていたのか」

どんな顔をしたらいいのか、わからなかった。頭の中で、先ほどのヴァルティスの言葉がくるくると回る。

国のためなら命を捨ててもいいと言うヴァルティス。たとえ四肢を裂かれても、民のためになるなら本望だと言う。どんな苦行も、王としての責務を果たすためならば厭《いと》わない。

忌まわしい獣人が相手でさえ、平気な顔をして交わることができる。

「ヴァルティスは、無理しなくてもよかった」

「何のことだ？」

「助けてって。言ってくれたら、俺、ヴァルティス手伝った。俺だって、レトヴィエの人たち助けたいから」

緑灰色の瞳が大きく見開かれ、だがすぐ気を取り直したように無表情に戻った。

「先ほどの話、聞いていたのか」

「ヴァルティスは、正直に言えばよかった。嫌いな『ケダモノ』と寝ることなんて、なかったのに」

自分を『ケダモノ』と卑屈に言うのが嫌だった。こんなことを言わせるヴァルティスが恨めしかった。

勝手に涙が零《こぼ》れてくる。拭っても拭っても溢《あふ》れてきて、仕方なくうつむいた。

「盗み聞きとは、仕方のない奴だ」

声が近づいてきて、うつむいた先にヴァルティスの足が見えた。ぐいと腕を引かれ、寝台に転がされた。

表情のない美貌《びぼう》が覆いかぶさってきて、乱暴に口づける。やめて、と言っても離してもらえなかった。

「俺にこんなことしても、むり。ルーテゥの首長は、話聞かない」

「お前の父親だろう」

「親だけど、ルーテゥの首長。ヴァルティスと同じ。俺より、みんなが大事。俺が死んでも動かない」

冷たい瞳がわずかに揺らめいた。だがそれも、気のせいだったかもしれない。ヴァルティスはユノ・ファの衣服を剝《は》ぎ、その首筋や胸元に強く吸いついて痕《あと》をつけていく。

「や、やだ。もうやめて」

「これで三日、交わり続けた。レトヴィエの王族の婚姻の儀は、三日間行われる。これはずいぶんと略式だが。お前はもう、私の妻だ」

「そんなの、知らない」

「ルーテゥは真面目な部族なのだろう？　他部族の王と寝ておいて、何もなかったとシラを切ることもできまい。お前はこの発情期が終わったら、故郷に戻るんだ。戻って父親を説得しろ。レトヴィエについて東方の軍と戦うことを約束させるんだ」

「むり」

「無理でもやるんだ。レヴィを供につける。交渉が成立するまで、戻ってくるな」

「レヴィ？　どうして」

「我々から人質として捧げる。故郷に帰ったまま、知らんぷりをされては困るからな。お前もレヴィを放ってはおけまい」

「ひどい」

誰より愛する弟さえ、利用するというのか。ヴァルティスとは、レトヴィエの王とは、そんな男だったのか。

「ひどい、ひどい」

「そんなひどい男に弄《もてあそ》ばれているのに、お前の身体は喜んでいるぞ」

剝き出しにされた性器は、腹につくほど反り返って蜜《みつ》をたらしていた。両の乳首は太い指で乱暴に捏《こ》ねられ、硬く尖《とが》っている。

発情期とはいえ、反応してしまう身体が恨めしい。いや、たとえ発情期でなくとも、自分はヴァルティスの愛撫を喜んでしまうだろう。

黙って涙を流すユノ・ファに構わず、ヴァルティスは胸や腹に口づけ、きつく吸い上げる。浅黒い肌のあちこちに、赤い花びらのような痕が散っていた。

それを、心のどこかで嬉しいと思っている自分がいる。好きな相手に抱かれ、痕を残されるのが嬉しい。

利用されているだけなのに、それでもまだヴァルティスが好きだ。故郷に帰り、きっと彼の言う通りに交渉するだろう。

ユノ・ファは男の愛撫を受けながら、愚かしい自分に静かに絶望していた。

力尽きて眠るユノ・ファの目に、涙の跡を見つけた。

無意識に拭おうと手を伸ばし、ヴァルティスはそんな自分を笑った。今さら情けをかけたところで、何になるというのだろう。

ヴァルティスが中で放った後、いつものように意識を手放したユノ・ファは、寝台の上で裸のままくったりと横たわっている。糖蜜のような滑らかな肌には、痛々しいうっ血の痕があちこちに散っていた。

この肌に触れるのが今生の最後だと思ったら、たまらず唇を這わせてしまった。

——嫌いな『ケダモノ』と寝ることなんて、なかったのに。

黒い眼に涙を溜《た》めて、ヴァルティスを睨んでいた。ケダモノ、と自分を呼んだ時、彼はどんな気持ちだっただろう?

胸の奥がチリチリと焦げるような気がしたが、ヴァルティスはその理由を考えることをとっくに放棄していた。何もかも、今さらだ。

もっと上手に、ユノ・ファァを籠絡《ろうらく》するつもりだった。自分は理性を保って、綿密な計画のもとに。少なくとも、彼を呼び出して話を聞いている間は、そう考えていた。

ルーテゥの首長が息子の説得くらいで首を縦に振らないことは、最初から想定していた。一度きりの交渉ではない。時間をかけて何度もユノ・ファァを故郷へ赴かせ、場合によってはヴァルティスも山を登って首長に会いに行くつもりだった。

(そんな時間は、もうない)

ユノ・ファァを部屋に呼んで話を聞き始めたのは、確かに情報を得るためだ。

多忙を極める中、言葉の通じない獣人に最初は苛立《いらだ》った。こちらの不機嫌を感じ取り、耳を寝かせて尻尾を丸める姿を見て、さらに嗜虐心《しぎゃくしん》を煽《あお》られたと言ったら、ユノ・ファァはまた「ひどい」と涙を溜めて詰《なじ》るだろうか。

「最初に比べるとまあ、お前のレトヴィエ語はましになった方か」

小さな声で呟くと、黒い耳がピクピクと動いた。「ん……」と呻いてまぶたが震える。目を覚ますかと思ったが、滑らかな肢体はころん、と寝返りを打っただけだった。ヴァルティスは我知らず、笑みを浮かべる。

そう、昨日も一昨日《おととい》もこの獣人は、一度眠ってしまえば叩《たた》いても揺すっても起きないのだった。

相手が目を覚まさないのをいいことに、ヴァルティスは……今までも毎晩そうしていたように……たっぷりとした黒い尻尾を撫でる。滑らかな触り心地だ。

拙《つたな》い言葉遣いのせいか、表情はいつもあどけなく見えた。一つ年下のオルゲルトよりも、よほど子供っぽい印象を受けたが、箱入りに育てられたせいかもしれない。

頭は悪くなかった。むしろ聡明《そうめい》で、特に言語について秀でていた。彼がレトヴィエに来てまだ三か月ほどだが、それまで独学で学んできたことを加味しても、著しい上達ぶりだといえる。

さらに学習を重ねれば、それほど時間をかけずに、完璧《かんぺき》なレトヴィエ語を話せるようになっただろう。ヴァルティスとしては、片言の彼のレトヴィエ語が、耳に心地よくなってきているのだが。

情報を得るために呼び出したはずなのに、ユノ・ファとの逢瀬《おうせ》の時間が、いつしか楽しみになっていた。

この獣人の青年のひたむきな想いをからめ取って、利用するはずだった。もちろん、今でもその考えに変わりはない。

ただ、彼の訥々《とつとつ》とした話し方や仕草や素直で優しい気性に、いつの間にか癒されている自分がいる。共にいると安堵《あんど》するものがあって、眠る時間もろくに取れないというのに、ユノ・ファを毎晩のように呼び出した。

自分の感情について、ヴァルティスは深く考えることはしなかった。私情より、国王としてなすべきことがあるからだ。

彼の心を得ようとした。好意だけでなく、確かな信頼も。だが間に合わなかった。

ユノ・ファを呼び出すようになってしばらく経ったある日、北方の警備隊から状況を知らせる狼煙《のろし》が上がった。

夷狄《いてき》の進軍が、北の険しい山脈を越えようとしている。その数はおよそ一万。おそらく進軍した初期には倍近くいたのではないかと思われる。北方の極寒の地で冬を越し、山を登る間に一万にまで減ったのだろう。山を越えてレトヴィエ領まで下りる間に、山の厳しさがさらに軍勢を減らしてくれることを祈るが、彼らも命懸けだ。

後退し、もう一冬を北方で過ごすことは死を意味する。彼らが生き延びるためには、山を越えてレトヴィエとの戦いに勝つしかないのだ。

対するレトヴィエ王国の総人口は、五万に満たない。そのうち正規軍は五千。騎兵は辛うじて七百。これが豊かではない国の精一杯の軍備だった。

これに予備兵を加えて、ようやく一万五千となる。数では勝っているが、不敗とうたわれた夷狄の常備軍だ。予備兵との戦力は大人と子供ほども差があるだろう。

二日前の軍議で、レトヴィエ軍の出兵が決まった。市街地に正規軍の五分の一と予備兵の三分の二を残し、北方の山へ向かって夷狄の軍を迎え撃つのである。

斥候の知らせを受けてすぐ、隣国のヴォルスクをはじめ、周辺の国々には援軍を要請している。ヴォルスクが派兵を始めたとの知らせをもらったが、まだ数はわからない。

山での防衛が失敗すれば、ほぼ間違いなくレトヴィエは陥落する。

派兵はおよそひと月後。ユノ・ファがルーテゥ族を説得し、彼らが山での防衛に加わってくれれば、勝機はある。山岳地帯は彼らの独壇場だ。ユノ・ファの話では、人間の足で一日かかる山場を、彼らは一時で踏破するという。

だがルーテゥ族が説得に応じる可能性は少ないと、ヴァルティスは考えていた。それでもユノ・ファを故郷へ帰す。「わずかな可能性に賭《か》けて」「王弟を人質として差し出す」という建前のもとに。

ヴァルティスは今日までずっと、その身を国に捧げてきた。王として即位する以前、それこそ生まれてきた瞬間から、ヴァルティス自身であるより、世継ぎとして、レトヴィエの王として生きることを余儀なくされた。

そこに不満はない。自分のやってきたことに後悔もない。ユノ・ファを傷つけたことさえ、悔いてはいなかった。

けれどそんな人生の中で、ただ一度だけでもいい、王ではなくヴァルティス個人として、物事を決断してみたかった。

「私人になりたいなどと、これまで思ったことはなかったのだがな」

呟いて手を伸ばす。ユノ・ファの目尻《めじり》を伝う涙を、そっと拭った。

──この美しい獣人と愛する弟が、地上のどこかで生き延びている。

その希望が胸にあれば、あとは何も心に残すことはない。これから訪れるであろう死も、自国の滅亡さえ、穏やかに受け入れられる。そんな気がした。

六

発情期が終わると、まるで何事もなかったかのような日が数日続いた。

あの発情期の最後の晩、ユノ・ファがヴァルティスに抱かれて眠ってしまった後、朝になって目を覚ますと、もうヴァルティスの姿はなかった。

朝食を食べると、自分の部屋に帰された。その際、侍女から、

「今日から五日の間にレヴィ殿下と旅の支度を終え、六日後に出立するように、との国王陛下からのご伝言です。食料や水、そのほか旅に必要な物は、私どもにお申しつけくだされればご用意いたします」

伝言と言うが、命令なのだろう。

ヴァルティスの言葉を聞いた時は動揺したし、横暴で冷酷な彼を恨んだ。だが一人になると次第に動揺も収まってきた。

彼に好かれていないのは、わかっていた。緑灰色の瞳は、いつも冷たく自分を映している。利用されていると知って、むしろ腑《ふ》に落ちた。

（ヴァルティスは、悪くない）

彼はレトヴィエの王なのだ。ユノ・ファの父と同じ、いやそれ以上の大きなものを常に背負っている。ユノ・ファを利用するのも私欲ではない。国のためだ。

それでも心は空虚だった。発情期が終わり、熱は去って身体は元通り軽くなったが、ヴァルティスと毎夜のように会っていたことも、彼に抱かれたことも、まるで遠い日の出来事のように感じた。

ヴァルティスとはあれから会っていない。姿すら見ていなかった。

『旅支度をしないと』

自室の小さなテーブルに広げられた本を横目に、ユノ・ファはひとりごちる。レヴィがくれた本だ。できればすべて、故郷に持って帰りたかった。だが今は無理だ。

ユノ・ファ一人で、四本の足になって駆ければ、故郷までは一週間とかからない。だがこの旅にはレヴィがいた。人間の足ではひと月以上かかる行程だし、レヴィは身体が弱い。

そのため、レヴィには万全の準備を整えさせ、最初はできる限り馬車で移動する。いよいよ馬車を降りた後は、自分が四本足に変身して、レヴィを背中に負って山を登るつもりだった。そのため、レヴィの身体を固定するための革紐《かわひも》を用意してもらうよう、侍女たちに伝えてある。

ひと月後、レトヴィエの軍が北方の山に向けて出兵すると、馴染みの警備兵から聞いた。東方からの軍は今にも北の山を越えようとしており、レトヴィエ軍は山間《やまあい》で迎え撃つのだという。そこに、ヴァルティスとオルゲルトも加わると。

迎撃が失敗すれば、レトヴィエはほぼ間違いなく陥落するのだそうだ。すでに国中に布告を出し、戦える男たちは予備兵として徴兵され、残った者たちは敵襲に備えるようにと言われている。

もっとも、農民たちは田畑を捨てれば生きてはいけないし、町人もたとえ隣国に逃げたとしても、レトヴィエが陥落すれば、夷狄はそう時間を置かず隣国にも攻め寄せてくるだろう。民たちは逃げる術《すべ》がない。

だからというべきか、城の人々はみんな冷静だった。暇《いとま》を告げて故郷の家族のもとに戻った者もいるというが、これから戦が始まるにしては、城内の空気は不思議なほどいつも通りだった。

テーブルの本を片づけていると、侍女がやってきた。

「レヴィ殿下が、今日はお会いできるとのことです。ユノ・ファさんの良い時間に、いつでもと」

「もう、身体は大丈夫？」

「熱は下がったそうです。殿下は大丈夫だと仰《おっしゃ》るのですが」

「何かある？」

「このひと月ほど、以前より熱を出されることが多い気がして」

顔馴染みになった侍女は、不安そうな顔を隠さなかった。

ユノ・ファがレヴィを伴い、故郷に帰ることは城内に知れ渡っている。人質などと公言できるはずもなく、表向きは国王代理として、レヴィとともにルーテゥ族に協力を仰ぐよう、交渉をしに行くということになっていた。

城内の使用人たちはみんな、レヴィに同情している。ただでさえ身体が弱いのに、夷狄の軍すら苦心する山へと旅立たねばならない。しかも行き着く先はルーテゥ族の住処《すみか》という、彼らにとっては未開の地だ。

レヴィの同行を考え直すように、処罰を覚悟でヴァルティスに嘆願する使用人もいたと聞く。

だが宮廷においては、別の理由でレヴィの出立を反対する者がいるのだそうだ。

いわく、レヴィがルーテゥ族のもとに行くというのは嘘で、レヴィを溺愛《できあい》するヴァルティスが、弟可愛《かわい》さに彼を国外へ脱出させようとしているのではないか、というのだ。

たとえ虚弱であっても、国王の弟が国や民を捨てて一人で逃げ延びるなど、あってはならない。先陣を切って山に入るのは無理でも、国王と皇太子に替わり、城を守るべきではないか。

そんな意見が重臣たちから上がっていると、噂で聞いた。

(それもこれも全部、ヴァルティスの重しになっていく)

国を背負って、すべてを受け止めて。どれほどの重圧だろう。

「山は、ここより寒い。暖かくしないと。でも、俺がレヴィを負《お》ぶう。レヴィはそれほど疲れない。俺がレヴィを守る。それからルーテゥの仲間を連れてくる」

ヴァルティスは、ルーテゥの首長と交渉をしろと言った。それが最後の希望なのだろう。ならばユノ・ファは、自分にできる限りのことをするつもりだ。

彼の大切なもの、レヴィを、レトヴィエの人々を守るために。

「……ありがとうございます」

ユノ・ファの決意に、侍女がそっと目を伏せて言った。白いまぶたと赤い唇が微かに震えていた。

彼女の後について、すぐにレヴィの部屋へ赴く。レヴィに会うのは久しぶりだ。レヴィの部屋に入ると、予想に反して彼は床から起き、旅支度をしていた。

「ユノ・ファ！」

こちらの姿を見るなり、レヴィは嬉しそうに駆け寄った。久しぶりだね、と無防備に抱きついてくる。

「久しぶり。レヴィ、わりと元気そう」

「うん。元気だよ。ちょっと旅の準備にはりきりすぎて、体調を崩しちゃったけど」

レヴィが熱を出したのは、ユノ・ファがヴァルティスに最後に抱かれた翌日だ。旅の支度をしろと言われ、相談に行こうとしたところ、二日ほど前からまた、体調を崩して臥《ふ》せっていると聞かされた。

周囲の人々の話から推察するに、彼が旅の話を聞いたのはその後のはずだが、レヴィの口調はまるで、それよりずっと前からルーテゥへの旅を覚悟していたかのようだった。

「レヴィ、太った？」

ぽすん、と胸に飛び込んできたレヴィを受け止めて、ユノ・ファは思わず尋ねた。

病み上がりだといい、顔色は確かにあまり芳しくはない。しかし、その身体つきは最初に出会った頃、馬車から落ちた彼を抱きとめた時に比べ、一回りほど分厚くなっているように感じる。気のせいかとレヴィの腕に触れてみたが、力を入れれば折れそうだった細い二の腕に、今はわずかながら筋肉がついていた。

「太っただなんて、失礼だね。逞《たくま》しくなったって、言ってよ」

むうっと頬を膨らませて、レヴィが軽く睨み上げる。言葉のわりに嬉しそうだ。

「ごめん。でも、元気そうでよかった」

「心配かけてごめん。僕も、君と話をしたかった。旅の話だろう？」

「そう」

「僕もずっと準備はしていたけど、こんなに早くなるとは思わなかった。もう少ししてから君に、いや、兄上にも会おうと言ってたんだけど。そんな場合ではなくなって、早く話したかったのに、僕がまた熱を出してしまった」

己の虚弱に唇を嚙むレヴィに、ユノ・ファは首を傾《かし》げた。なんだか、話が嚙み合っていない気がする。

「レヴィ？　よくわからない」

「うん。そうだよね」

無理もないと、レヴィが言う。さらに彼が口を開きかけた時、侍女が二人分の昼食を持って現れた。

「そういえば、食事を頼んでいたんだった。まずは食べようか。少し込み入った話になるから」

よくわからなかったが、ともかく食事をすることにした。レヴィ付きの侍女が、テーブルの上に食事を並べる。パンとスープ、それにムルカ茶だ。

「ユノ・ファのおかげで、今年の夏はたくさん夏瑠璃のお茶が飲めたね。ありがとう」

「また、採ってくる」

旅立つ前にもう一度、裏山に登るつもりだ。摘めるだけのムルカを摘む。また来年の今頃、大好きな人たちのためにムルカを摘みに来られることを祈って。

二人は食事を摂ることにして、テーブルに座った。食事の皿を前にした時、ふと嗅《か》ぎ慣れない匂《にお》いを感じて、ユノ・ファはくん、と鼻を立てた。

「変な匂いがする」

それは並べられた食事から立ち上ってくるようだった。テーブルに鼻を近づけて、それがレヴィのために盛られた小ぶりなスープ皿から香ってくるのだと気づいた。そう指摘すると、レヴィは自分の皿に鼻を近づけた。

「何も感じないけど」

「食べられない匂い」

「野菜が悪くなっているのかもしれませんね」

横から、給仕をした顔馴染みの侍女が皿を覗《のぞ》く。彼女も鼻を近づけたが、匂いは感じないようだった。だが注意深く皿を見回し、「あら」と声を上げる。

「芋の端がおかしな色になってますね。きっと腐っているんだわ」

すぐ取り換えて参ります、と皿を取った。レヴィは申し訳なさそうだ。

「少し傷んでるくらい、いいのに」

「だめですよ。殿下はこれから、大変な旅に出るんですから。健康には注意しないと。ユノ・ファさんもね」

彼女はそう言って、ユノ・ファのスープの皿も取り上げてしまった。

「レヴィ、庭でご飯食べる。前みたいに」

侍女の言葉にふと思いついて、ユノ・ファは提案した。レヴィはずっと熱を出していたから、しばらく太陽の光を浴びていないだろう。数日後の厳しい旅立ちに際し、レヴィの身体を少しでも健康にしておきたかった。

レヴィもそれに賛成し、二人で敷き布を持って庭に出た。気持ち良さそうにレヴィが伸びをした。風が強いので、敷き布を広げるのに少し苦労する。

「ユノ・ファ。ずっと君に話したかったことがあるんだ。話せないことが心苦しかった」

布の上にパンとお茶を置いて、レヴィが言った。柔らかな微笑みの中に、ゆるぎない決然としたものがあった。ヴァルティスに似た、緑灰色の瞳が煌《きら》めいている。

綺麗だな、とその時ユノ・ファは思った。レヴィは輝いていて、幸せそうだった。彼を輝かせるものは何だろう。

その時、侍女がスープを運んできた。風がまた強くなった。

「この数か月、僕が何をして誰と会っていたか聞いたら……きっと君はびっくりするだろうね」

いたずらっぽいレヴィの微笑み。その後ろで、何かがきらりと光った。

それは庭の、木々の生い茂る陰だった。何の光だろうと、ユノ・ファは目を凝らす。その視線の先で光が弾《はじ》けた。

ヒュン、という風を切る微かな音と、一本の矢だということに気づいたのは、おそらくその場ではユノ・ファだけだろう。

そのユノ・ファも、矢がレヴィのすぐ後ろにいた侍女の肩を貫くまで、動くことができなかった。

侍女が悲鳴を上げて崩れ落ちる。レヴィがぎょっと振り返るのと、再び矢の放たれる風音を聞いたのはほとんど同時だった。

「レヴィ」

瞬時に立ち上がり、レヴィを抱き込むようにして地面に倒れ込んだ。その途端、背中に強い衝撃を受けて思わず呻く。

「ユノ・ファ！　誰か、誰か！　ユノ・ファが！」

「レヴィ、狙《ねら》ってる。動いちゃだめ……っ」

身体の下でもがくレヴィをなだめていると、肩に再び衝撃が走った。

近くで女の悲鳴が聞こえてぎくりとしたが、ユノ・ファたちの異変に気づいた別の侍女の声だった。

「近づいちゃ、だめ！」

「ユノ・ファ！　だめだよ、離して。君が死んでしまう」

「これくらい、大丈夫。ルーテゥは強い」

幸い、二本とも急所は外れている。人間用の矢じりなら、ルーテゥにとってさほどの傷でもないだろう。三本目の矢音はない。

状況を確認するために身体を起こそうとして、心臓が嫌な鼓動を立てた。身体に力が入らない。手足を動かすと、さっと血の気が失せていく気がした。

「あ……これ……」

肩を射られた侍女へ目を向ける。彼女も急所は外れていたはずだ。だが彼女は地面に崩れ落ちたまま、ぐったりと目を閉じていた。その顔色が真っ青になっている。

「毒……」

「ユノ・ファ……」

身体の下に目をやる。すぐ間近に見えるレヴィの顔がぼやけていた。矢じりに毒が塗ってあったのだ。おそらく、野菜のスープも。

(俺、このまま死んじゃうのかな)

この状態で、あとは何ができるだろう。矢傷の痛みがひどくなり、身体が急速に冷えて寒くなっていくのを感じながら、必死に考える。

「レヴィ、みんなに言って。矢、毒塗ってる。誰も触っちゃだめ。たぶん、さっきのレヴィのスープも毒だった。あと、それから」

「ユノ・ファ。もういい、喋らないで」

それから何だったか。大事なことがもう一つ。

(……行商人)

白い匂い消しの花を持ってきた行商人。怪しいと思っていた。ヴァルティスに伝えなくてはと思いながら、ずっと忘れていたのだ。

「ヴァル、ティスに……」

伝えたいことがあるのに、声が出ない。

「ユノ・ファ、しっかりして。僕のために、君はまた……」

目の前はぼやけて、もうあまり見えなかったが、レヴィが泣いているのがわかった。大丈夫だよ、と言いたい。君のせいじゃない。

弟のように大切なレヴィ。それから大好きな人の最愛の人。

君を守れてよかった。

それから、とても寒くて身体中が痛くなった。

朦朧《もうろう》とした意識の中、周りが常に騒がしかったような気がする。夢なのか現実なのかわからず、ただただ苦痛だった。自分は死なないのか、死んだ方が楽なのにと、そんなことばかり考えていた。

「なぜ薬の効果が出ないのだ」

「強力な毒なのです。それに獣人ですから、我々の薬が効かないのかもしれません」

いろいろな人の声が聞こえて、顔も見た気がするが、定かではない。何度か、口の中に水やスープのようなものを注ぎ込まれたが、すぐに吐いてしまった。

それからどのくらい経ったのか。痛みに耐え、寒さに震えながらやがて意識がはっきりし始めて、最初に見たのは皇太子、オルゲルトの顔だった。

「ユノ・ファ！　気づいたか。叔父《おじ》上の言う通り、薬を変えてよかった。大丈夫、すぐに良くなるぞ」

涙ぐみながらまくし立てるオルゲルトに、最初は何が起こったのかわからなかった。声を出そうとしたが口の中がカラカラで、そばにいた侍女が水を飲ませてくれた。

それからまたうつらうつらして、目を覚ますとオルゲルトはいなくなっていたが、少しするとまた現れた。三日意識を失ったままだったのだと、教えてくれた。

「レヴィ……でんか、は？」

それが気にかかっていた。開口一番に尋ねると、オルゲルトはまたわずかに涙ぐみ、それから微笑んだ。

「叔父上は無事だ。傷一つついていない。叔父上も心配して、しばらくついていたのだ」

「よかった……」

しかし、肩を射られた侍女は助からなかったという。

「お前が叔父上に伝えた通り、矢じりに毒が塗ってあった。強力な毒だったようだ」

警備兵が駆けつけた時、まだ息はあったが、それから一時と経たずに亡くなった。ユノ・ファは矢を取り出し、できる限り傷口の周りの血を押し出して手当をしたが、苦しみ続けていた。

「あの、悪いやつ……犯人。たぶん、ぎょう商の人。白い匂い消しの花、置いてった。レヴィの周りうろついてた。怪しい」

犯人は捕まったのだろうか。もしまだなら、レヴィが危ない。まだうまく出ない声で必死に言い募ったのだが、オルゲルトは「いや」と気まずそうに視線を外した。

「賊は捕らえた。お前の言う行商人ではないだろう。……城の者なのだ」

警備兵の一人だった。彼は仲間の兵に捕らえられ、すぐに自害した。ユノ・ファは呆然《ぼうぜん》とした。

「なんで」

オルゲルトはそれに対して言いづらそうに、それでも誤魔化《ごまか》しなく話してくれた。

自害した警備兵の後ろにはおそらく黒幕がいるが、まだ捕まっていない。だがそれが重臣の一人であることは、ヴァルティスもオルゲルトも気づいている。

その重臣は何代も王に仕える家の者で、ヴァルティスに偽りのない忠誠を誓う者だ。それ故に以前から、身分の低い母を持つレヴィを快く思っていなかった。

「その者は、叔父上がお前に同行して、ルーテゥ族との交渉に行こうとすることに反対していたのだ」

本当は交渉になど行かないのではないか。沈みかけた船から一人で脱出し、どこか安全な場所に逃げようとしているのではないか。ある会議で、そんなふうに言っていたという。

「みんな表向きは平静を保っているが、実際は夷狄が怖くてたまらないのだ。できれば逃げてしまいたいと思っている。私もそうだがな」

冗談めかして笑う。だがその顔はすぐに曇った。

「だから賊の正体はわかっている。捕えようと思えばすぐにできる。だが、それはしない」

「しない？」

「……すまない」

オルゲルトはうなだれた。犯人が宮廷内にいるとわかっていて、ヴァルティスは弾劾しないことを決めた。

夷狄の来襲に国中が怯え、動揺している。レトヴィエの人々が一丸となって異国の敵に立ち向かわねばならない今、宮廷内に分裂が起こっては、辛うじて平静を保っている人々も恐慌に陥る。国内の混乱を防ぐため、あえて犯人を捜すことはしないと、ヴァルティスは宣言したのだという。

「だから、お前をこんなふうにした者を罰することができないのだ。本当にすまない」

国の多数の者のために、正義に目をつぶって少数の犠牲を出さねばならないことに、オルゲルトは無念を感じている。そんな彼が好ましいと思った。

「大丈夫。気にしない。でも、レヴィが心配」

彼の存在を快く思っていない一派がいることは、ここに来た当初から聞いていた。だとすればまだ、レヴィが狙われる可能性があるのではないか。

「それは大丈夫だ。義父上がこの一件の首謀者を弾劾しない、と重臣たちの前で宣言したことで、彼らも目が覚めただろう。叔父上の存在を疎む連中は皆、レトヴィエ王家を信奉する者だから」

最愛の弟の命を狙った者を責めるより、国を守ることが今は大切だ。仲間割れをしている場合ではない。ヴァルティスのそうした意図に、重臣たちも心を打たれた様子だった。

「なら、いい。大事な人が無事なら、それでいい」

ユノ・ファが言うと、オルゲルトはまた目の端に涙を溜め、ありがとうと言った。

オルゲルトが去ってから、またしばらく眠った。少しの時間起きてまた眠り、その間に侍女が薬を飲ませてくれたが、吐いてしまった。口を湿らせる程度の水は飲めるが、あまり多いと受けつけない。

（治るのかな。ずっと、このままなんだろうか）

身体中が痛くて寒くて、不安だった。誰もいない時、少し泣いた。泣いてまた眠った。

「……ユノ・ファ」

誰かの掠《かす》れた声がして、頭を撫でられた。優しい暖かい手だ。少しだけ痛みが和らいだような気がした。

「ユノ・ファ」

ヴァルティスの声だ。耳がぴくっと震えた。

「……ヴァル、ティス？」

目を開くと、青ざめた美貌がこちらを覗き込んでいる。夢かと思った。

「意識を取り戻したと聞いた。傷は痛むか」

「身体、ぜんぶ痛い。寒い」

「薬を変えた。じきに良くなる。もう少しの辛抱だ」

そう言うヴァルティスはまた少し、痩せたようだった。顔色もひどく悪い。

「ごめんね」

呟くと、彼は怪訝そうな顔で眉間に皺を寄せた。

「もう、ルーテゥのとこ、帰れない」

一刻も早く山を登って故郷に戻り、交渉をしなければならないのに。

「俺、死んだら焼いて。ルーテゥはみんなそう。死んだら火で焼く。魂が空に行く」

「お前は死なない」

怒ったような声で遮られた。乾いた大きな手が、ユノ・ファの手を握る。

「私がお前を死なせない。お前は必ず良くなる。そして故郷に帰るのだ」

でも弱った身体では、山を登れない。レヴィを背負って走れない。

「ごめんなさい」

自分は役立たずだ。謝ると、握る手に力がこもった。見上げる男の顔に表情はなく、ただ眉間に皺が寄っている。

「お前は死なない。死ぬな。故郷に帰るんだ……お前だけは」

美しい顔が不意に歪《ゆが》んだ。その顔はそっと、横たわるユノ・ファの胸元に伏せられる。

肩がわずかに震えていた。

(——ああ、そうか)

ユノ・ファは唐突に理解した。彼がなぜ、強硬にユノ・ファをルーテゥ族のもとへ帰そうとしたのか。最愛の弟を、人質に差し出そうと言ったのか。

(なんて不器用なんだろう)

冷徹で、何を考えているかわからなくて、でも優しい。

「ヴァルティス、好き」

彼の手を握り返した。ほとんど力は入らなかったが、緑灰色の瞳が揺れて、ユノ・ファの思いが伝わっていることがわかった。

「――ユノ・ファ」

「一緒にいたい。ヴァル、ティスが俺のこと、好きじゃなくていい。ヴァルティスが好き。一緒にいさせて。ルーテゥ一人、だけど、守って戦える」

ユノ・ファ、と繰り返し名前を呼ぶ。やがて顔を上げたヴァルティスは、苦しそうに顔をしかめていた。

「ヴァルティス」

「わかった……わかった。だから、お前は生きろ。死んではならん。身体を治せ」

「治したら、一緒にいさせてくれる？　北の山に行って、ヴァルティスと戦う」

たとえ身体が治ったとしても、このひと月のうちにユノ山脈を越えるのは厳しい。交渉は間に合わないだろう。だが、翼を持たないルーテゥでも、四本の足に変身すれば少しは戦える。ヴァルティスの盾くらいにはなれるはずだ。

「――ああ。お前を離さない。互いの身が尽きるまで共にいよう。だから……」

だから生きてくれ。祈るように言われた。嬉しかった。

冷徹にユノ・ファを利用していただけだと思っていたヴァルティスは、自分のことをこんなにも大切に思ってくれている。たとえユノ・ファと同じ種類の好意ではなくても、声を震わせて生きろと言ってくれる。

（翼がなくてよかった）

父の跡取りになれず、故郷を出て、この国に来てよかった。翼を持たずに生まれたからこそ、ヴァルティスに出会えた。

生きる。生きたい。たとえすぐに死ぬのだとしても、冷たい寝床で一人震えて死ぬのは嫌だ。生きて、愛する人を守って死にたい。

強い思いとは裏腹に、身体は冷えていく。辛い、痛い、苦しい。

ずいぶん眠って、目を覚ますとヴァルティスの姿はなく、独りぼっちだった。さっきのは夢だったのだろうか。不安になって、また少し泣いてしまった。

『ユノ・ファ。……お前は、まったく』

不意に、ルーテゥ語が聞こえた。レヴィのたどたどしいルーテゥ語ではない。仲間が話す流暢《りゅうちょう》な言葉だった。

『いくつになっても、子供みたいにベソベソしてるな』

聞き覚えのある、懐かしい声だ。いや、声を聞かなくてもわかる。嗅ぎ慣れた同族の匂い、これは……。

『ウー・ファラン！』

ルーティゥ族の次期首長、ユノ・ファの従兄。ウー・ファランの声だ。目を開けると、窓辺に黒髪に耳と尻尾を持つ、大きな男の姿が見えた。

懐かしさがこみ上げて、泣きそうになる。だがすぐにまた、悲しくなった。

（そうか。やっぱり夢なのか）

ウー・ファランが、こんなところにいるはずがない。最後に山の神が見せてくれた夢なのだ。

『俺、もう死ぬんだな』

『死なねえよ、バカ。レヴィが持ってきた薬を飲んだだろうが』

呆《あき》れた声で言われた。ウー・ファランがレヴィを知っているはずはないから、やはりこれは、都合のいい夢なのだろう。

『けど危なかったな。お前じゃなきゃ死んでた。レヴィを守ってくれて、ありがとうな』

『ウー・ファランにお礼を言われる筋合いは、ない』

つい昔からの癖で憎まれ口を叩くと、ウー・ファランは『元気そうだな』と笑った。

『しばらく苦しいだろうが、数日すれば身体の毒は外に出るはずだ。その頃には矢傷も塞がってるだろう。俺はそろそろ、帰らなきゃならない。カディマ・ヤディがやきもきして俺の報告を待ってるしな』

『帰る？　やきもきって、父さんが？』

『お前を心配してるんだよ。決まってるだろ。レヴィも出発前にお前の顔を見たがってたが、こっちもやることがあるんでな。……だがまあ、また生きて会えるだろう』

淀《よど》みないウー・ファランの声に、なんだかとても現実的な夢だなと思う。『あと、これ』と従兄は言ってユノ・ファの口に何かをぽいっと放り込んだ。口の中に、じんわりとうま味が広がる。

『塩だ。ここの連中は塩が足りないから、あんな年中だるそうなんだよ。お前もそうだ』

懐かしい。ルーテゥの山の神が与えてくれる、岩塩の味だ。レトヴィエでは塩が貴重で、ここに来てからあまり塩けのものを食べていなかった。身体の隅々にまで塩の恩恵が広がっていく気がする。

『……ありがとう、ウー・ファラン』

夢だけど、最後にいい夢が見れた。だがウー・ファランは呆れ顔のままだ。

『ぽやぽやしてないで、早く身体を治せ。さっき、あのしかめっ面の王様と、一緒に戦うとか感動的なこと言ってたよな』

そうだ、自分はまだ死ねない。ヴァルティスと共に戦うために、生きなくてはならない。

『だからその程度じゃ死なないって。まあいい、今は寝てろ。俺たちはもう行く。――仲間を連れて戻ってくるまで、死ぬんじゃねえぞ』

枕元《まくらもと》に、何かがぽんと置かれた。痛む身体を捻って枕元を見る。手のひらに乗るくらいの小さな袋と、その横に白い花が添えられていた。

『袋の中身は塩だ。俺がこの国に来る時に持ってきたんだが、もう必要ないからな。出兵の時にでも持っていけ』

ウー・ファランが言う。白い花は、ルーテゥ族の間で使われる、匂い消しの花だ。以前、レヴィと顔馴染みになったという行商人が置いていった、あの花と同じ。

（あ……）

過去に何気なく聞いていた言葉、見ていた景色が、再び目の前によみがえる。

匂い消しの白い花、ユノ・ファがここに来てから現れるようになった行商人、夜更かしをして熱を出していたレヴィ。レヴィが以前よりも生き生きとして、幸せそうで綺麗になったこと……。

『ウー・ファラン』

窓辺を振り返ると、もう従兄の姿も、彼の匂いも消えてなくなっていた。窓は開いてい

て、さらりと晩夏の夜風が入ってくる。

（そうか、ウー・ファラン。ずっと……）

ここにいたのか。

ユノ・ファはほっと息を吐いて、目を閉じた。身体は相変わらず痛くて苦しかったが、死の不安は消えていた。

自分は死なない。ヴァルティスも。共に戦い、生き延びる。希望はまだある。

じくじくと痛む身体を抱え、ユノ・ファは再び眠りに落ちた。

その頃、ヴァルティスは宮廷での会議を終え、ようやく自室へ戻ろうとしていた。

西の離れにユノ・ファの容態を確認しに行こうかと思ったが、数刻前に見舞ったばかりだ。容態はそう急には変わらない。今は疲れた身体を休め、明日に備えるべきだ。明日もまた、戦に備えた会議や仕事が山のようにあるのだから。

ヴァルティスは疲れていた。多忙な執務と重責で身体も心も限界だった。いっそ、今すぐ夷狄が現れて、この国を滅ぼしてしまえば楽なのに、とすら思う。

常人ならば、とっくに壊れていただろう。国王である自分が崩れれば、それですべてが終わってしまう。その思いだけで、どうにかギリギリのところで己を保っていた。

だが、疲弊した心の端が壊れかけているのが、自分でもわかる。

理性的に、合理的に総体的に、物事を考え判断しなくてはならない。そう思っているのに、頭の中を占めるのは西の離れにいる獣人のことだけだ。

彼はどうしているだろう。まだ苦しんでいるのか。なぜ自分は彼を放って、こんなところにいるのだろう。会議など国などどうでもいい。あの獣人が死にかけている今この時に、彼のそばにいてはいけないのか？

丸テーブルの席に腰かけて、まぶたを閉じる。ぐるぐると恨み言にも似た思いが頭の中で錯綜《さくそう》し、とても休める状態ではなかった。

人を呼んでお茶を持ってこさせる。だが侍女が持ってきたのは、期待していた夏瑠璃のお茶ではなかった。

「もう、夏瑠璃はないのか」

爽《さわ》やかな青い花の香りに、ユノ・ファを思い出す。彼は毎夜、向かい側に座って黒い耳を落ち着かなげにぴくぴくさせながら、ヴァルティスと話をしていた。

「申し訳ありません。今年はいつもより寒かったので、もう夏瑠璃は街にも出回っていないのです」

ヴァルティスの指摘に、侍女は恐縮した様子で頭を下げる。それから、言ったものかどうかためらうように、視線をさまよわせた。

「今までのお茶は、ユノ・ファさんが摘んできたもので、それも昨日で終わりました」

「ユノ・ファが、摘んできた？　レヴィが行商人から買って、届けてくれていたのではなかったのか」

思わず詰問口調になる。侍女が怯えたように首を竦《すく》めたので、ヴァルティスは浮かせかけていた腰を下ろした。

「この夏、陛下にお出ししていた夏瑠璃のお茶はほとんどすべて、ユノ・ファさんが城の裏手にある山で摘んできたものです。時々、陛下のお部屋に飾っていた花も」

「裏の山？　あの岩場に？　人が入れる場所ではあるまい」

言ってから、彼が獣人だということを思い出した。同時に、彼が時々、腕や手足に無数の傷を負っていたことを思い出す。

発情期の頃、散歩に行ったと言って、爪の先がボロボロに割れていたこともあった。

「あれが、夏瑠璃を摘んで運んでいたのか。……ずっと」

険しい山を一人で登って。それを当然のように自分は飲んでいた。

「申し訳ありません。ユノ・ファさんは陛下やレヴィ殿下に夏瑠璃を届けたいと、こっそり山を登っていたのです。このお部屋に飾っていた花も。獣人のあの方が、許可なく一人で歩き回っていては咎《とが》められるかもしれないと、陛下にはレヴィ殿下からだということに……」

「……っ」

何もかも捨てて叫び出したくなった。自分の愚かさが嘆かわしい。顔を覆ってうなだれるヴァルティスに、侍女が気遣わしげな声をかけたが、大丈夫だと下がらせた。

（ユノ・ファ……）

何かがこみ上げるのを、ヴァルティスはじっと目を閉じて耐えた。

彼は物心ついてから一度も、涙を流したことがなかった。たとえ最愛の者を目の前で失ったとしても、決して取り乱してはならないと父王から教えられた。

今なら、そう告げた父の心がわかる気がする。感情を殺して生きなければ、一度でも感情に流されてしまったら、もう二度と戻れないからだ。

味気ないお茶を飲み、椅子の上で目をつぶって仮眠を取った。考えないようにしても、ユノ・ファの顔がまぶたにちらつく。

「兄上」

部屋の外で、不意にレヴィの声が聞こえて驚いた。

「兄上、夜分に申し訳ありません」

生まれてからずっと日陰者として扱われてきた弟が、ヴァルティスの居室のある東の本棟に自らの意志で赴いたことは、これまで一度もなかった。

ヴァルティスが呼ぶまで、あるいは西の離れに会いに行くまで、ひっそりと隠れるように生きてきたのだ。

一瞬、ユノ・ファの身に何かが起こったのかと考えた。

「何事だ」

絞り出した声は微かに震えていた。

「兄上に、お話ししたいことがあるのです。ユノ・ファの言っていた行商人の件で」

ユノ・ファからオルゲルト伝《づて》に、レヴィの周りに怪しい行商人がうろついていることは聞いていた。それとなく、使用人や警備兵にレヴィの身辺を注意するよう命じていたが、その後も動きはない。

レヴィ本人にも話を聞いたが、相手はただの行商人で、レヴィもそれ以上のことは知らないようだった。なのに今夜、当人からその件で話したいことがあるという。

不可解に思いながらも「入れ」と促すと、ドアが開いて弟が姿を見せた。

「突然、申し訳ありません。ですがどうしても、彼に会っていただきたかったので」

「――彼？」

レヴィの後ろから、ゆらりと大きな黒い影が姿を現した。

七

森の空気は、先に進めば進むほど冷たくなっていく。昼だというのに日の差さない、上り坂の続く暗い木々の中を、長い隊列は言葉もなくもう半日以上も歩き続けていた。

ユノ・ファも四本の足で歩いていたが、鼻先に水の匂いを感じて、隣で馬に騎乗するヴァルティスを見た。

こちらの視線に気づき、ヴァルティスは「そろそろか？」と尋ねた。獣の姿ではレトヴィエ語を離せないので、ユノ・ファはこくりとうなずく。

よし、と呟いたヴァルティスも少し、安堵した顔をした。

「もう少しで川に出る。その辺りで今夜は野営をする」

周囲で歓喜の声が上がった。それはさざ波のように前後に伝播し、伝令が向かうより早く、後方へ届いたようだった。

北方への討伐軍が城を発《た》って、今日で十日目になる。まだ敵の姿は見えないが、ここ数日で兵たちは目に見えて疲労していた。慣れない行軍と山間部での野営が身体にこたえているのだろう。

加えて昨日、レトヴィエの斥候から、敵はとうとう最後の山を登りきったようだと伝令があった。

直後、森の彼方にそびえる『純白の剣』と呼ばれる山の頂上付近に、蟻《あり》のような黒いものが蠢《うごめ》いているのを、レトヴィエの兵たちは目撃した。

『純白の剣』からここまで、まだ森を有する山と谷が隔てているが、夷狄の軍と遭遇するのは時間の問題だった。

「ユノ・ファ。行ってくれるか」

隣からヴァルティスに声をかけられ、ユノ・ファはうなずいて歩調を速めた。先に行って、敵の匂いがしないか、偵察するためだ。

隊列から外れ、四本の足でぐんと地面を蹴《け》る。次第に険しくなる傾斜を、恐るべき速度で駆け抜ける黒い巨体に、兵たちから感嘆の声が上がる。

討伐軍に加わったユノ・ファは、こうしてたびたび、兵士たちの前に獣の姿で現れていた。彼らの志気を高めるためだ。

――ルーテゥ族が、我々の味方についた。彼らの援軍が必ず現れる。

出兵に際し、ヴァルティスはそう宣言をした。死にに行くのではない。レトヴィエは滅びない。ルーテゥ族が戦いに加われば、必ずレトヴィエが勝つ。

王の傍らに立つ漆黒の獣の存在が、その言葉を信憑性《しんぴょうせい》のあるものにし、それまで死地へ赴くつもりだった兵たちの顔に、希望が宿った。

しかし宮廷内部には、ヴァルティスの言葉に懐疑的な者もいる。無理もないのだと、ヴァルティスが言っていた。

討伐軍の出兵より三週間早く、レヴィはルーテゥたちの住む山へ旅立った。ユノ・ファではない別のルーテゥ族を伴って交渉に出かけたのである。ヴァルティスは家臣たちにそう説明したが、ヴァルティス以外、宮廷の人々は、その新しく現れたルーテゥ族の男を見ていない。

皇太子オルゲルトすら目にしておらず、レヴィを逃がすための方便だと信じている家臣もいるようだった。

だが、暗殺未遂の一件もあって、表立って意見をする者はいない。ただ、王の言うルーテゥの援軍は最後まで現れず、自分たちは死ぬ運命なのではないかと、悲観的な考えになっているようなのだ。

その絶望が兵たちに伝染しないよう、従軍してからのユノ・ファは頻繁に異形の姿で彼らの前に立ち、人間にはできない速度で走り、偵察のために前に出てきた。

兵たちは初め、その禍々《まがまが》しい漆黒の姿に畏怖《いふ》し、続いてそれが自分たちの味方だと悟ると、ユノ・ファを守護聖のように敬うようになった。

翼も持たず、できることは限られていて申し訳ないと思うが、兵たちの士気を上げることが、ひいては彼らの命を守ることに繋がるのだとヴァルティスから教えられ、頑張って勇猛な姿を見せることにしている。

（川、思ったより大きいな。景色が開けてる……）

隊列の先頭まで一息に駆け抜けると、森が途切れ大きな川に突き当たった。河川の周りは広い平地になっており、木々はほとんどない。川上を見上げると、真っ白な雪に覆われた鋭い山の峰が見えた。ここで野営をするには、見晴らしが良すぎる。

夷狄の本軍はまだ、『純白の剣』の頂にいるが、斥候や遊撃軍は山を下りている可能性もある。そのためレトヴィエ軍も、わざと視界の悪い森の中を選んで進んでいた。

「敵の匂いはない。でも、川が大きい。周りが平らで、よく見える。危ない」

ヴァルティスのもとに駆け戻り、人形《ひとがた》に変身して口早に伝えた。変身したては裸なので、手早く持っていたマントを巻くのも忘れない。

だがやはり見苦しいのか、ヴァルティスはユノ・ファが人形に戻った瞬間、軽く眉をひそめた。しかし、そのことには触れず、野営地は森の中に設営するよう伝令を出した。

川には兵たちが交替で水を汲《く》みにいくことになったが、みんな豊かで新鮮な川の水を見て喜んでいた。

森の中で野営の陣を張った後、ヴァルティスたちは天幕の中で軍議を始めた。その間にユノ・ファは空の革袋をいくつも提げ、再び獣の姿になると、川へ向かう。

川上で革袋いっぱいに水を汲んだ。続いて水を汲む兵たちの迷惑にならないよう、川下まで下りて水浴びをする。

「ユノ・ファ様、寒くはありませんか」

川から上がって人形に戻ると、水を汲みにきていた兵の一人が、目を丸くしていた。季節は短い秋に差しかかり、山間地は城下よりずっと気温が低い。

「大丈夫です。ルーテゥは元気」

正直なところ、川に入るのは少し寒い。だが身体を壊すほどではないだろう。従軍してからは、わずかな水に布を浸して身体を拭くのがせいぜいだった。十日ぶりに身体の隅々まで洗えるのが嬉しい。

すんすん、と自分の腕に鼻を近づけて、汗臭くないか確認した。獣の姿になると汲んだ水を背負って野営地まで走る。ちょうど軍議が終わった頃で、ヴァルティスが天幕から出てくるところだった。

「ユノ・ファ。水を汲んでくれたのか」

こくっとうなずいて、ヴァルティスの天幕まで水を運ぶ。それから自分も天幕の中に入るために、人形を取った。獣のままでは、大きすぎて窮屈なのだ。

急いで天幕に入り、衣服を着替える。後から入ってきたヴァルティスが、まだ半裸のユノ・ファを見て軽く眉をひそめるのが見えた。見苦しい裸を見せるのは申し訳ないけれど、仕方がないのだ。

「水いっぱいある。ヴァルティス、身体ふける。もう、休める？」

「ありがとう。食事をしたら、あとは寝るだけだ。今日は兵をよく休ませることにした。明日からさらに道が険しくなる」

この十日は、比較的緩い山場を登ってきた。ここからは高低の差が激しくなる。時には危険な崖や谷間に遭遇する可能性もあるのだそうだ。

「身体、ふくの手伝う」

ヴァルティスの役に立ちたくて言ったのだが、「いや、いい」とはっきり断られた。

「すまないが、しばらく出ていてくれ」

あげくに天幕から追い出され、ちょっとしょんぼりした。

ユノ・ファはヴァルティスと同じ天幕で寝起きしているので、追い出されると行くところがない。仕方なく、天幕の前でぽつんと座って彼が出てくるのを待った。

従軍する前から、ユノ・ファはヴァルティスとともに寝起きしている。毒矢を受けた後、身体が回復してからずっとだ。

レヴィを庇《かば》って受けた毒矢に、しばらく苦しめられた。起きられるようになるまで十日ほどかかったが、それからの回復は早かった。

半月が過ぎる頃にはすっかり元通りになり、改めて討伐軍に加わらせてほしいと、ヴァルティスに頼んだ。

ユノ・ファが臥せっていた時に、確かに共に戦おうと約束してくれたのに、しばらくヴァルティスは、ユノ・ファの従軍を渋っていた。

懇願し、泣いて縋《すが》って、共にいることを許してもらえた。

――絶対に、ヴァルティスといるから。離されたら、生きていけない。

ルーテゥ族との交渉をレヴィとウー・ファランに託した今、ユノ・ファにできることはヴァルティスと共に戦うことだけだ。

討伐軍が城を出るまで、ヴァルティスは相変わらず忙しかった。何か手伝いがしたいと申し出たのだが、ヴァルティスが考えた末に命じたのは、

――夜伽《よとぎ》をしろ。

それから、ユノ・ファァはヴァルティスと一緒に寝ている。

夜伽という言葉は本で調べたから、最初は、発情期と同じようなことをされるのではないかと、ドキドキしていた。

しかしヴァルティスは本当に忙しくて、自室に戻ると倒れるように寝てしまう。とてもユノ・ファァに手を出す余裕は残っていないようだった。

一人の方がよく眠れるのではないかと思ったが、「お前がいる方が眠れる」と言われたので、ずっと一緒に眠っている。それ以上の行為は発情期以来、一度もなかった。

ヴァルティスがユノ・ファァのことをどう思っているのか、よくわからない。

ただ利用するためだけではない、大切に思ってくれているのだと、傷を負った時に知ったが、では自分はヴァルティスにとって何なのかと考えても、答えは出なかった。

けれど今は、一緒にいられるだけで十分だ。二人で生きて戻ったら、その時に聞いてみようと思う。

「ユノ・ファァ。すまなかった。中に入ってくれ」

天幕の入口が開いて、ヴァルティスが顔を覗かせた。ユノ・ファァは尻尾をパタパタと揺らして中に入る。

その夜は、久しぶりにゆっくりと休めた。具の乏しいスープにウー・ファァランからもらった塩を少し入れ、干し肉を齧る。塩のおかげで身体が少し温まった。粗末な食事を終えると、固い地面に布を敷いただけの夜具に身を横たえる。

狭いし夜は寒いから、野営するようになってヴァルティスはいつも、ユノ・ファの身体を背中から抱き込んで眠る。

「昼間、川で水浴びをしたのか」

今夜も背中を抱かれ、ヴァルティスの体温にぬくぬくしていると、ヴァルティスがすん、とユノ・ファの髪の匂いを嗅いで言った。

「お前の匂いが、あまりしない」

「か、嗅がないで」

今までそんなに臭かっただろうか、ともじもじしたが、後ろからぎゅっと強く抱き込まれ、「どうなんだ」と聞かれる。

「は……入りました」

「裸でか。獣の姿だったか？　周りに人はいなかっただろうな」

畳みかけられて緊張した。

「え……服濡《ぬ》れるから、裸。周りに人はいたけど……変身はしてない。水場でのもふもふは、毛が抜けて迷惑です」

途端に背後から不機嫌な唸《うな》り声が聞こえてきて、怖くなった。何か悪いことをしただろうか。そういえば、昼間に獣から人形を取った時も眉間に皺を寄せていた。

「でも、すぐ服着た。ごめんなさい」

「私がどうして不機嫌なのか、わかって謝っているのか？」

「裸、みっともないから……っ！　い、痛い！　ヴァルティス、痛い！」

突然、うなじをがぶりと噛まれた。声を上げると「うるさい」と言われる。理不尽だ。

「みっともなくなどない。お前は美しい。人形でも、獣の姿でもな」

「え……」

聞き間違えだろうか。身体を捻ってヴァルティスの顔を見ようとしたが、がっちりと背中を抱かれて身動きが取れなかった。

「変身の時に服を脱ぎ着するのは仕方がない。だがなるべく、他人に肌を見せるな。触らせるな」

いいな、と念を押され、うなずくしかなかった。

「は、はい」

「この美しい肌を味わっていいのは、私だけだ。……まったく、私ですら自戒して、夜にしか触れずにいるんだぞ」

「ヴァ、ヴァルティス?」

まさか、ヴァルティスが裸になったユノ・ファを見て眉間に皺を寄せていたのは、他人に見せたくないという理由からだったのか。

(嫉妬《しっと》? まさか、まさか……)

「——お前の肌を、他の男の目にさらしたくない」

ヴァルティスが、ユノ・ファをそんなふうに思っていたなんて、嘘みたいだ。

うなじに柔らかな唇の感触がする。身体がじん、と熱くなった。これから、するのだろうか。ドキドキして次の愛撫を待つ。

しかし、しばらくして聞こえてきたのは、安らかな寝息だった。

「……ヴァルティスの、ばか」

いらぬ期待をしてしまったではないか。不貞腐れて呟いたが、彼が起きることはなかった。

翌朝、目を覚ますと、ヴァルティスはまったくいつも通りだった。甘い雰囲気など微塵《みじん》もない。昨晩の言葉を思い出し、一人で照れてもじもじしているユノ・ファを見て、「何をしてるんだ」と、眉間に皺を寄せていた。

そのくせ、出立前に獣の姿に変身しようと服を脱ぐと、また険しい顔をする。人目を避けるため、ヴァルティスの身体の後ろで隠れるようにして裸になると、ようやく眉間の皺をといた。

その日から、さらに森は深く、道は険しくなった。騎馬兵が馬を降りて斜面を登らなければならない場面もあり、日の入りの時刻になっても予定の半分ほどしか進むことができなかった。

兵の進みを遅くしているのは、山道の険しさだけではなかった。ふと木々が途切れた拍子に、遠くで不気味な地鳴りが聞こえるようになったのだ。

夷狄の軍勢が確実に迫っているのだった。

「義父上《ちちうえ》。皆の言う通り、今からでも道を変えてはどうでしょう」

明らかに及び腰になっている予備兵たちに、オルゲルトが前方から馬を駆ってヴァルティスに進言した。だがヴァルティスは首を横に振る。

「だめだ。夷狄の主軍と真正面からぶつかることになるし、何より他の経路では、ルーテゥ族の援軍との合流が遅れる」

ユノ・ファはヴァルティスの隣を獣の姿で歩いていたが、そばにいた家臣たちが複雑そうに顔を見合わせるのを目撃した。

ルーテゥ族の援軍が来ると言うが、いつ来るのか、ヴァルティスもはっきりとはわからない。この状況で半信半疑になるのも無理はない。

（実際、来ないかもしれない……）

来ても間に合わないかもしれない。その可能性があることを、ユノ・ファもヴァルティスもわかっていて決して口にはしない。

（でも、ウー・ファランは約束した）

実際に約束したのはヴァルティスに対してで、ユノ・ファはその頃まだ、毒矢に苦しんで朦朧としていたのだが、後になって聞かされた。

ウー・ファランは必ず仲間を連れて戻ってくる。レトヴィエ軍について夷狄の軍を撤退させせると。

——成功の暁には、ルーテゥ族に有利な形でレトヴィエ王国と通商の契約を結びたい。

そんな密約をヴァルティスと交わし、ウー・ファランはレヴィを連れてルーテゥ族のもとへと帰っていった。

もともとウー・ファランは、書き置き一つで出奔した首長の息子、ユノ・ファを追ってレトヴィエに現れたのだという。ユノ・ファは知らなかったが、有翼の者たちの間では、東から現れた帝国軍の進行が問題になっていた。

ユノ・ファを連れ戻す役をウー・ファラン自ら買って出たのはどういう意図か、本人に聞いていないのでわからない。

ただ彼も昔から、ユノ・ファと同じく人間と手を結びたいと考えていたから、接触するいい機会だと思ったのかもしれない。

ユノ・ファを追ってレトヴィエに侵入し、異国の行商人に変装して城の周りをうろついていた時、レヴィと出会った。

どういう経緯で彼らが親密になったのか。これもまた当人たちから聞く間はなかったので、推測でしかないが、二人は出会って憎からず想い合うようになった。

ウー・ファランは昼間は行商人のふりをして市井の人間に紛れ、夜はレヴィのもとに通った。レヴィから外憂にさらされるレトヴィエの現状を聞き、ユノ・ファの様子もこっそり窺っていた。

ヴァルティスがユノ・ファを故郷に帰し、レヴィを人質という名目で同伴させるという話を聞いて、ウー・ファランはいよいよヴァルティスと直接交渉をする機会が来たと判断したらしい。

ユノ・ファはヴァルティスから話を聞いて、ウー・ファランがもっと早く姿を現してくれたらよかったのに、と思わないでもなかったが、ユノ・ファのように行き当たりばったりには行動しない男だ。慎重に状況を見極めていたのだろう。

こうしてウー・ファランとレヴィはルーテゥ族のもとへ向かった。獣人の翼があれば、身体の弱いレヴィを高所に慣らしながらだとしても、すぐに戻れるはずだ。

ただし、そこから首長のカディマ・ヤディをはじめ、長老たちを説き伏せ、獣人たちの軍を編成して戦地に赴かねばならない。

(きっと、ウー・ファランならできる)

レヴィという大切な人と、彼の国を守るために、ウー・ファランは尽力してくれるはずだ。それまで、持ちこたえられれば。

「予定の場所で迎え撃つのが理想だが、もし進軍が間に合わなければ、この先の渓谷で敵を待つ。ここから今の速度でも半日でたどり着けるだろう。気がかりなのは、わが軍の斥候から連絡がないことだ」

「遅れているだけだといいのですが」

騎乗で交わされるヴァルティスとオルゲルトの会話を、ユノ・ファは聞くともなしに聞いていた。

そうしながらも、常に鼻をあちこちに向け、変わったことがないか警戒している。その鼻先に、ふと微かな異臭が漂ってきた。

(なんだ、これ……)

思わず立ち止まる。ヴァルティスがすぐに気づき、馬を止めた。

「どうした、ユノ・ファ」

（変な匂い……強くなる……）

それは腐臭だった。それほど強い匂いではないのに、嗅いだ瞬間から総毛立つ。おぞましい匂いだった。

（これは、墓場の匂い……？）

こんなにもはっきりとはしていないが、ルーテゥ族の墓地、火葬場で感じる匂いに似ている。そう気づいた瞬間、これが何の匂いなのかわかった。

――これは獣人の死臭、獣人の肉が腐った匂いだ。

気づいた途端、吐き気がこみ上げた。身体がひとりでに震える。

「ユノ・ファ？」

ヴァルティスが心配そうに馬を寄せた、その時だった。前方から悲鳴とも怒声ともつかぬ声が次々に上がり、何かがどっと流れ込んできて隊列が弾けた。

「敵襲！」

森の中から、明らかに装備の異なる軍勢がレトヴィエ軍に襲いかかる。

「夷狄の斥候か？　敵は少数だ。うろたえるな」

ヴァルティスが剣を抜いて声を上げ、指揮官たちも隊列を正して踏みとどまった。ユノ・ファも吐き気を堪えて態勢を整える。

(しっかりしろ。これは戦いなんだ。震えてる場合じゃない)

みんなを守らなくては。四肢を張るユノ・ファに、ヴァルティスが「大丈夫か」と馬を寄せる。ユノ・ファはうなずいて、大きく吠《ほ》えた。

と、その声に弾かれるようにして、敵の騎兵の一団がこちらに向かってきた。先頭を走る兵は槍《やり》を構え、その先には腐臭を放つ黒く汚れた袋が括《くく》りつけてあった。

彼らは、レトヴィエ軍に獣人がいることを知っているのだ。知っていて、獣人の嫌がる匂いをまき散らしながら進んでくる。

レトヴィエの騎兵がそれを迎え撃つ。だがすべては止められず、残った敵兵は怯むことなく近づいてきた。

「ユノ・ファ、気をつけろ」

ヴァルティスの声が上がる。敵兵の一人がとうとうヴァルティスに迫った。

(ヴァルティス!)

ひやりとしたが、ヴァルティスの振るう剣によって、敵は馬から落ち、レトヴィエ軍にとどめを刺された。

　ほっとしたのも束《つか》の間、次の敵兵が迫りくる。

（ヴァルティスを守らなきゃ）

　ユノ・ファァは地を蹴り、敵兵の前に躍り出た。相手の気迫に怯みそうになりながら、必死で馬に体当たりした。目の前で敵の剣がぎらりと鈍く光り、夢中でそれをかわす。爪を出して相手を薙《な》ぎ払うと、柔らかく肉を裂く感触とともに、目の前の敵はいとも簡単に馬上から消えた。

（あ……）

　気がつくと、どうと地面に倒れた敵の兵が、喉《のど》から血を噴き上げて痙攣《けいれん》していた。

（俺……人を殺した）

　振り上げたままの爪の先に、血の匂いを感じた。自分は今、人を殺したのだ。

　敵の死体が、目玉を剝いてこちらを睨んでいる。恐ろしかった。恐ろしいことを自分はしでかした。

　これは戦だと、人を殺《あや》めることもあるのだと覚悟していたはずなのに、身体が竦んで動けなくなった。早く動かなくては。敵は同胞の死など物ともせず、次々と襲ってくるのに。

「ユノ・ファァ！」

　襲いくる敵とユノ・ファァの前に、ヴァルティスが立ちはだかった。ユノ・ファァを背に庇うようにして剣を振るう。あっという間に切り伏せたが、敵の騎馬兵が数人、ヴァルティスを囲んだ。

ヴァルティスは巧みに馬を駆り、木立に向かって後退する。一人、二人、後ずさりながら敵を倒すその下で、不意に馬が足を折った。

何が起こったのか、ユノ・ファも一瞬わからなかった。馬からヴァルティスが転げ落ち、かと思うと馬が消える。馬の悲痛ないななきが響いた。

――木立の向こうは、谷だ。

ヴァルティスの身体が、馬が消えた方へと転がっていく。

考えるより前に、身体が動いていた。あたう限りの力で地を蹴り、ヴァルティスに向かって四肢を投げる。

「ユノ・ファ！」

ヴァルティスが叫んだ。来るな、と言いたかったのかもしれない。追いついて彼の身体を掴んだ時、その背後に真っ黒な深淵《しんえん》が広がるのを見た。

後ろ脚が空を切る。前足で掻《か》き抱いたヴァルティスとともに、谷底へ落ちていく。

(ヴァルティス、ヴァルティス……嫌だ)

死にたくない。二人でもっと生きたい。生きたい、絶対に生き延びたい……。

その時、背中に鋭い痛みを感じた。空を切るごうごうという音の中、めきっ、という異音を確かに聞いた。痛みはひどくなる。

背中がバラバラになるかと思ったその時、ばさりと大きな羽ばたきが聞こえて、身体がふわりと浮いた。

「ユノ・ファお前……翼が」

腕の中のヴァルティスが息を呑む。羽ばたきは、すぐ背後でずっと続いていた。落下の速度が緩やかになるのがわかる。

(翼……俺に、翼が？)

これまでどんなに試しても、翼が現われることはなかった。だから自分は、翼を持たない獣人なのだと諦《あきら》めていた。

だが今、死と生の瀬戸際で翼が現われた。

(俺たちは、死なない)

ユノ・ファは確信する。自分もヴァルティスも生きて帰る。

生まれたばかりの翼は弱々しく、落下の速度を弱めるばかりで飛翔《ひしょう》するには力が足りないようだった。それでも、ユノ・ファは力を振り絞って懸命に翼を動かす。

たどたどしく羽ばたきながら、ヴァルティスを抱えたユノ・ファは、ゆっくりと谷底へと落ちていった。

「——ユノ・ファ」

唇に、温かく柔らかな感触がした。これは口づけだ。

そう気づいたのと同時に、苦しさを覚える。呼吸ができない。胸から喉へせり上がるものがあり、ごぼりと口から水が溢れた。

ようやく肺に呼吸が入ってきて、ユノ・ファはごほごほと咳《せ》き込んだ。

「ユノ・ファ。しっかりしろ」

目を開けると、緑灰色の瞳がこちらを見下ろしていた。ぽたぽたと顔や身体に水滴が落ちる。

「ヴァル、ティス？」

名前を呼んだ途端、眉間に寄っていた皺がほどけ、泣き笑いのような顔になった。それが近づいてきて、強く抱きしめられる。

「——よかった」

ここはどこだろう。自分たちは、谷へ落ちたのではなかったか。その途中で、自分の背中に翼が生えた。

「俺、羽……翼が」

「ああ。飛んでいたな」

ヴァルティスが優しく笑う。そっと、愛《いと》おしげに頬を撫でられた。それから、動けるかと尋ねられる。

「お前の翼のおかげで、谷底までゆっくり下降した」

生まれて初めての飛翔は、恐ろしく力が必要だった。それでも懸命に飛んでいたが、地上に降りる寸前、力尽きた。ユノ・ファは気絶し、ヴァルティスを抱えたまま人形に戻ってしまったらしい。

谷底は川になっており、二人はそこに落ちた。気絶したままのユノ・ファを今度はヴァルティスが抱え、川岸まで泳ぎ着いた。

「見た限り目立った傷はないが。どこか、痛むところはないか」

心配そうな声に、ユノ・ファは腕や手足を動かしてみる。問題なく動いた。起き上がると少し頭がふらついたが、谷底に落ちて川で溺《おぼ》れたにしては、気分は悪くない。

「俺は平気。ヴァルティスは？」

「私も無事だ。お前のおかげでな。だがずぶ濡れだ。少し移動しよう」

月が明るくて気づくのが遅れたが、辺りはとっぷりと日が暮れていた。空気は冷たく、濡れそぼった身体に風が刺す。ユノ・ファは裸で、ヴァルティスの衣服は濡れていた。

二人は互いに支え合いながら川岸を離れ、少し斜面を登った草むらで身体を休ませる。

ヴァルティスが服を脱いで水を絞り、木の枝に吊《つ》るした。

「夜風で乾いてくれるといいが」

隆々とした裸体が月明かりに照らされる。こんな時だというのに、どきりとしてユノ・ファは目を逸《そ》らした。

だがヴァルティスの方は、二人きりということもあってか気にした様子はなく、裸体をさらしてユノ・ファに近づいた。

「本当に、どこも傷はないか」

「だ、大丈夫。背中がちょっとじんじんするけど」

「翼が生えたせいか。今はなんともなっていないが」

背中をつい、となぞられて、くすぐったさに身をよじった。

「くすぐったい」

ユノ・ファが笑うと、ヴァルティスも笑った。だがその顔が不意に歪み、気づくと強く抱きしめられていた。

「……お前が生きていて、よかった」

わななく声に、ユノ・ファは毒矢に倒れていた時のことを思い出した。お前だけでも生きろと、あの時ヴァルティスは言った。

「俺、生きてる。ヴァルティスが助けてくれた。俺は丈夫なルーテゥだから、簡単に死なない。ヴァルティスのそばにいる」

「ユノ・ファ」

名前を呼んで、むしゃぶりつくように激しく口づけをされた。少し苦しくてもがくと、離すまいとするように強く抱きしめられる。

「……私は、お前が愛おしい」

震える声が言った。驚いて目を見開くと、ヴァルティスは苦しそうに微笑んでまた、口づける。

「私はレトヴィエの王だ。何よりも国の利益を優先する。己の感情よりも。お前が目を輝かせて私を見るのに気づいて、ただ利用するつもりだった。お前が望むなら、それで事がこちらの有利に運ぶなら、自分の身も喜んで差し出そう。そう思っていた」

発情期の最後の夜、ヴァルティスとオルゲルトとの会話を思い出し、悲しくなる。

「それは、聞いた」

ヴァルティスはうつむくユノ・ファのまぶたに、優しく唇を落とした。許してくれ、と苦い囁《ささや》きが耳元で聞こえた。

「発情したお前を見て、箍《たが》が外れた。お前を利用するためだと、自分に言い訳をしながらお前を抱いた」

ヴァルティスの思考はあの時、疲労と重圧で壊れかかっていた。

「利用するため、お前を籠絡するためだと言い訳を続けながら、ずっとお前を抱いて手元に置いていた。それが自分のためだとは、私自身がお前を欲しているのだとは、考えたくなかった」

最初から、考えないようにしていた。

「ヴァルティスが俺のこと、欲しいと思う？」

本当は優しい人だと知っているし、ユノ・ファをただ利用していただけではないと知っているけれど、彼自身が欲してくれているとは思わなかった。

不思議そうに言うユノ・ファに、ヴァルティスは少し微笑み、唐突にするりと背中や脇腹を撫でた。

「ひゃ」

「お前といると、心が安らぐ。これまでずっと眠りが浅かったのに、お前と一緒だと夢も見ずに眠れる。お前の匂いを嗅ぐと、雄の欲望が呼び覚まされる。この肌に食らいつきたくなる」

一瞬、ヴァルティスの緑灰色の瞳が獰猛《どうもう》に光った。軽く首筋を食《は》まれ、ぞくぞくと鳥肌が立つ。先ほどから、太ももにヴァルティスの陽根が当たっている。それはすでに熱く硬く育っていて、ユノ・ファは身体の奥がじんと疼くのを感じた。

「この思いをお前に告げるつもりはなかった。黙って戦場に赴き、戦いが終わればお前を故郷に帰すつもりだったのだ。私が死んでも死ななくても。なのに今は惜しい。お前を離したくない。私はお前が愛しいのだ」

「ヴァル、ティス」

「故郷に帰して、お前が誰か別の者と番《つが》うのは嫌だ。誰にも渡したくない。たとえルーテゥ族を敵に回しても、お前を手放したくないと思ってしまう。……私は、レトヴィエの王なのに」

王として、私情を優先することなどあってはならない。いつでも冷徹であり続けなければならないのに。

「ヴァルティスが、俺のこと、好き?」

「ああ、好きだ。愛している」

その言葉を聞いた途端、堪えていた涙がぶわっと溢れた。涙を振り払うようにぎゅっと目をつぶり再び開くと、ユノ・ファもヴァルティスの身体に縋った。

「俺も好き。ヴァルティスを愛してる。だから一緒にいさせて。戦って、生きて帰ってもずっと」

「ずっと……私のそばにいてくれるか？」

「うん、いる」

ヴァルティスの表情が歪み、再び口づけられた。ユノ・ファがそれに応《こた》えると、舌を絡められ、繰り返し貪《むさぼ》られる。

熱い手のひらがユノ・ファの臀部《でんぶ》を撫で、指先が双丘の合間に滑り込んでくる。くちりと窄《すぼ》まりを弄《いじ》られて、声が上がった。

「濡れてないな」

「……発情期じゃ、ないから……っ」

指はくちくちと、襞《ひだ》を執拗《しつよう》にこじ開けようとする。

「痛いか？」

「痛くない、けど」

少し窮屈だ。言うと、ヴァルティスは抱擁を解いた。近くにある若木にユノ・ファの身体を預け、尻を向けさせる。ヴァルティスはユノ・ファの背後でひざまずくと、いきなり尻尾を持ち上げ、その尻の合間に顔を埋《うず》めた。

ぬるりと温かくぬめった舌が、秘所に潜り込んでくる。初めての感覚に、ユノ・ファは悲鳴を上げた。

「やっ、やだ、やだ。やめて」

「嫌？　気持ちよくないか。不愉快なのか？」

そんなふうに尋ねられると、答えに窮する。不愉快なわけではない。むしろ、気持ちいいから困る。

「気持ち悪く、は、ないけど」

「だろうな。尻尾が揺れてる」

笑いを含んだ声が言い、尻尾の付け根を軽くくすぐられた。

「あ、ああっ」

そこが弱いのだ。びくびくと身を震わせると、ヴァルティスはなおも尻尾の付け根を弄り回す。同時に尻の窄まりを舌でこじ開けられて、発情期でもないのにユノ・ファの中心はダラダラと涎《よだれ》のような先走りをこぼした。

「ヴァルティス、意地悪……っ」

「お前が悪い。お前の声や仕草が、男の嗜虐心を煽るのだ。人間を誑《たぶら》かして手玉に取るとは——お前は悪いルーテゥだな」

「手だまなんて……俺は、た、たぶらかすてなんかない……」

慣れない単語を口にして抗議したが、ヴァルティスの瞳はさらに獰猛な色を帯びた。

「ルーテゥは皆、お前のように穏やかで優しい者ばかりだと思っていた。だがウー・ファランに会ったが、ふてぶてしく油断ならない男だったぞ。お前が特別なのだ。お前だけが、私を狂わせる」

「俺、だけ？」

「そう、お前だけだ」

ヴァルティスがおもむろに立ち上がった。ユノ・ファの背後からゆっくりと覆いかぶさり、口づけを交わす。そうしながら、ユノ・ファの尻に自らの欲望を押し当てた。

「あ、あ……」

ずぶずぶと、硬く熱い塊が中に入ってくる。強烈な快楽と幸福感が押し寄せてきて、ユノ・ファは目尻から涙を零した。

その涙を舌で掬《すく》い取り、ヴァルティスは深く腰を穿《うが》つ。

「相変わらず狭いな、お前の中は。狭くて柔らかい」

強く腰を打ちつけられ、快楽に身が震える。

「や、あ……気持ちいい……ヴァルティス、すごく、硬い……」

尻を穿ついやらしい水音と快楽に啼《な》く声が、美しい月夜の谷間に響く。

谷の上は戦場で、こんな場所なのに、いやこの場所だからこそ、二人は身体を絡め合い、その情欲の熱さに束の間溺れた。

「ヴァルティス、好き。愛してる」

感情が溢れ、激しく突き上げられながら、ユノ・ファは愛を告白する。

「……っ」

背後でぐっと呻く男の声がして、次の瞬間、身体の奥深くへ熱いものが注がれるのを感じた。

「あ、ふ……っ」

身体と心の隅々までをも満たす激しい快楽に、ユノ・ファも打ち震えた。下腹部が重くなり、どっと白く濁った情欲が噴き上がる。

ふと振り仰ぐと、ヴァルティスが荒い息をつきながら優しくこちらを見つめていた。視線が絡み合い、どちらからともなく口づける。

「ユノ・ファ……私もお前を愛している」

二人の身体と魂が、ぴたりと寄り添う。互いに愛を囁くのを、月だけが見ていた。


「飛べるか？　手綱は苦しくないか」

背後から、ヴァルティスの声がする。

（大丈夫）

グウ、と獣の姿で喉を鳴らすと、首の辺りを優しく撫でられた。その愛撫に勇気づけられ、背中の翼に意識を集中する。翼は大きく羽ばたき、ヴァルティスを背に乗せたユノ・ファの身体は、ぐんと空へ向かって上昇した。

ヴァルティスが森の蔓草《つるくさ》を繋げて作った手綱に、少し重心を取られたが、それもすぐに慣れた。

「ゆっくりでいい。焦っても、どうにもならんしな」

確かにその通りだ。だが何度か練習をしたので、初めて飛んだ時より、ずっと上手く翼が動く。それに、前足でヴァルティスを抱えるより、背中に乗せる方が安定していて飛びやすかった。

　これから、本軍に合流する。

　現状がどうなっているのかわからない。オルゲルトは無事だろうか。もしかすると、敵の本軍と衝突しているかもしれない。

　不安は尽きない。それでも二人の心は、不思議なほど落ち着いていた。

　互いの身があれば、どんな困難にも向かっていける。たとえ死に向かおうとも、もう後悔はなかった。

「では、行くか」

　二人はゆっくりと飛翔する。谷を上り、彼らが落ちた崖までたどり着くと、無数に重なる敵と味方の死骸《しがい》が目に入った。

　ユノ・ファの翼はさらに空高く上る。北へ北へと翔《かけ》た。やがて森が途切れ、山々の重なる草原が眼下に広がった。そこではおびただしい数の兵たちが叫び怒号し、剣を交え、赤い血潮を大地に染み込ませている。

　敵と味方の本軍がぶつかり合っていた。そこにいるのは人間だけだ。ルーテゥ族の姿はない。

「――間に合わなかったか」

聞こえた声は、穏やかだった。上空から見渡せば、どちらに分があるかは明らかだ。それでもレトヴィエ軍は怯むことなく、果敢に戦っている。その中心に、皇太子オルゲルトの姿があった。

「行こう」

ヴァルティスの声に、ユノ・ファもグウ、と喉を鳴らした。

二人は死地に向かうのではなかった。最後まで生きて、人々を守り戦うために赴くのだ。東から昇る日の光が、山々を赤く染め上げている。まるで東の空が燃えているかのように、鮮やかだった。

その炎へ向かって、二人は突き進む。眼下の兵士たちが二人に気づき、味方の軍勢がにわかに活気づいた。

「義父上！」

オルゲルトが叫ぶ。彼を襲う敵兵を、ユノ・ファはためらいなくその爪で引き裂いた。

味方から剣を受けたヴァルティスが、別の敵兵を切り伏せる。周囲にいた敵兵が一斉にユノ・ファたちにまとわりつき、二人は次々と彼らを倒していった。

敵が振り上げた剣のいくつかはユノ・ファの毛皮を切り裂き、ヴァルティスの身体を傷つけたが、二人は構わず戦った。

東の空が燃えている。

その美しさに、ユノ・ファは戦いのさなかにもかかわらず見惚《みと》れていた。戦いながら死を覚悟したその時、炎のような日の光の中から、漆黒の翼がいくつも現れるのを見た。

一つ、二つ……その数は次第に増えていき、黒い塊となって向かってくる。炎を背負い黒い翼をはためかせる獣人たちは、禍々しく美しく、まるで地獄から現れた使者のようだった。

「ルーテゥ族だ。援軍が来たぞ！」

ウー・ファランは間に合ったのだ。

ヴァルティスの叫びに、レトヴィエの兵士たちが歓喜の咆哮《ほうこう》を上げる。

その後の戦いは凄《すさ》まじかった。

翼を持つ百の獣人が空を滑空し、次々に敵を切り裂いた。地を走る翼のない獣人たちが後に続き、残った敵を倒していく。

レトヴィエ軍も果敢に戦った。予備兵と正規兵を含め、その数のほとんどを失ったが、最後まで攻防の手を緩めなかった。

東方の敵軍は次第に圧されていき、やがて北へと敗走する。しかし、例年よりも早く訪れた冬の吹雪が彼らを待ち受けていた。

残った敵軍は全滅し、無敵と呼ばれた東方の帝国はここで完全に敗北する。

数年後、帝国軍は新たに西方への侵攻を開始した。レトヴィエ王国とルーテゥ族が軍事的な盟約を結んだことを踏まえ、帝国の侵攻軍は兵を増やし最新鋭の火器を携えた。

だがしかし、彼らが山を越えてレトヴィエの領内に現れることは、二度となかった。

帝国軍が進軍を再開したその年、皇帝が突如として崩御したのである。それから間もなく、後継を巡って帝国内で内戦が起こり、帝国は急速に衰退していく。

ルーテゥ族とレトヴィエ軍が共に戦ったこのカガン帝国との攻防戦は、その後も長く語り継がれる伝説となった。

八

ムルカの香りが鼻先をくすぐる。侍女が淹《い》れてくれたのだろう。

窓辺の長椅子でまどろんでいたユノ・ファは、その香りに一瞬、この国に来た当時に戻ったような気がした。

これは今年のムルカ茶だ。また山に、ムルカが咲く頃になった。ユノ・ファは去年の夏と同じように、裏の山へムルカを摘みに通っている。

「――ユノ・ファ。まさか、寝ているのか？」

怪訝そうな声。目をつぶっているので見えないけれど、眉間に皺を寄せているのが容易に想像できた。

「起きてますです」

がばっと起き上がり、背筋を伸ばして言った。慌てたせいで、語尾がおかしくなってしまった。レトヴィエ語はずいぶんと上達したつもりだが、気をつけていないと今も、時々おかしな言葉遣いになってしまう。

「のんきだな」

ヴァルティスが呆れたように言う。ユノ・ファはその姿を見るなり、驚いてぱしぱしとまばたきした。

厳《いか》めしいレトヴィエの君主は、純白の長衣を身につけていた。金と銀の刺繍がふんだんにほどこされている。まばゆいほどの美しさだった。

「ヴァルティス、綺麗」

思わず呟く。ヴァルティスは怪訝そうに眉をひそめた。

「お前の方が美しいだろう」

さらりと言われて、どういう顔をしたらいいのかわからない。

討伐軍とルーテゥ族が東方からの侵攻を阻止し、レトヴィエには平和が戻った。

ルーテゥ族の仲間とともに凱旋《がいせん》したユノ・ファは、レトヴィエの民たちから大いに感謝された。

レトヴィエに入ったルーテゥ族はそのまま、国王ヴァルティスと交渉のテーブルに着く。

それからは、思い出しても目まぐるしい日々だった。

共に戦い、凱旋したルーテゥ族の首長、父のカディマ・ヤディとも再会し、ユノ・ファはこっぴどく叱《しか》られた。父がレトヴィエに滞在中は、ユノ・ファの顔を見るたびに小言を言ってきたが、それはユノ・ファが悪いと、誰も味方をしてくれない。

レヴィだけが、「でもユノ・ファの家出のおかげで、この国は救われたんだよね」と、とりなしてくれた。

そう、レヴィとも再会できた。凱旋から数日後、有翼の長老たちに伴われ、彼はレトヴィエに帰還した。

レヴィは戦にこそ参加しなかったが、ウー・ファランとともにルーテゥ族との交渉に尽力したという。

戻ってきたレヴィはルーテゥ族の服を身にまとい、それがよく似合っていた。山の気候は厳しいが、空気は澄んでいて、レヴィの身体には合うようだ。レトヴィエにいる頃より元気そうだった。山に行ってから熱が出ていないという。それに、傍らにはいつもウー・ファランがいる。幸せそうだ。

ウー・ファランはユノ・ファの知らないところで、改めてヴァルティスに会いに行ったらしい。ルーテゥ族の次期首長としてではなく、レヴィの恋人として。

以前に会ったのは戦の前のどさくさで、ヴァルティスもレヴィの命を優先して託したのだが、戦が終わって冷静になってみると、俄然《がぜん》、弟の恋人だと名乗る男が気になり始めた。

ウー・ファランとはどういう男だ、大丈夫なんだろうな、などと、レヴィではなくユノ・ファにしきりに尋ねてくる。

「ウー・ファランはすごく優秀。なんでもできる。男にも女にも、子にもお年寄りにも人気があります。おかげでちょっと……だいぶ自信カジョウでケイハク。不真面目なルーテゥなのです。一人に選べないから、女の人と結婚しないって言ってた」

嘘はよくないから、レヴィと出会う前のことを正直に話したのだが、おかげで弟を溺愛するヴァルティスは怒って二人の仲を反対するようになり、危うく破談になりかけた。なんでも正直に言うべきではないと、ちょっと反省している。

ルーテゥ族とレトヴィエ王国は長い話し合いの末、様々な契約を結んだ。

まずレトヴィエは、ユノ山脈に面した森林地帯をルーテゥ族に譲る。ルーテゥ族はここを開墾し、平地で田畑を耕すことが可能になった。

ルーテゥ族が採掘する岩塩と金も、レトヴィエに輸出することになった。金鉱山はレトヴィエにも存在するが、岩塩は貴重だ。ヴァルティスは向こう百年、レトヴィエ王国に対してのみ岩塩の輸出を行うことを条件として、ルーテゥ族の提示した数字よりさらに高い価格で契約を交わした。

ルーテゥ族に有利な契約ばかりだが、かわりにルーテゥ族は、レトヴィエが再び侵略の危険にさらされた時、共に戦うことを約束した。

そうして、レトヴィエとルーテゥ族の関係を確固たるものとするために、両者の婚姻を行うことになった。

両者の婚姻とは、二つの国の王子が、それぞれの国の王に嫁ぐというものだ。レトヴィエ王の弟王子がルーテゥ族の次期首長に嫁ぎ、ルーテゥ族の現首長の一人息子がレトヴィエ王に嫁ぐ。

——本当にいいのか。

契約に先立って、ユノ・ファに婚姻の話を説明した時、ヴァルティスはなんのためらいもなくうなずくユノ・ファに何度も尋ねた。

「お前にはもう、翼がある。故郷に帰っても肩身の狭い思いはしないだろう」

ユノ・ファが承諾しなくては、婚姻の儀式が立ち行かなくなるというのに、ヴァルティスはユノ・ファの気持ちを慮《おもんぱか》ろうとする。

「ヴァルティスは、俺じゃなくてもいいの？　ルーテゥ族だったら、妻にするのは誰でもいい？」

「そんなわけはないだろう。私はこの先も、お前以外の者を娶《めと》るつもりはない。お前を愛している。だからユノ・ファ、お前の望まないことをしたくないのだ」

眉間に皺を寄せて言うヴァルティスに、ユノ・ファは思わず微笑を浮かべた。

「俺も、ヴァルティスを愛してる。結婚するの、俺にはぎしきじゃない。ヴァルティスの物になりたい。ずっと一緒にいたい」

父には、もう再会を果たしたその時に、レトヴィエに留《とど》まると伝えてある。それにヴァルティスが言う通り、今の自分には翼がある。

遠く離れた故郷に帰ることも難しくはない。同じくルーテゥ族の山に留まることを決めたレヴィを連れて、里帰りさせることだって可能なのだ。

「わかった。だがもう二度とは聞かないぞ。この先お前が私に愛想を尽かしても、決して離しはしないからな」

それからユノ・ファは、西の離れを出て、東の棟にあるヴァルティスの居室近くに部屋をもらった。夜はヴァルティスの寝室で共に眠る。

許可をもらって、警備兵とともに城下に出かけることもあった。

かつて獣人は人間にとって忌むべきものだったが、今のレトヴィエの人々はむしろ、獣人を崇《あが》めている。

あの攻防戦でレトヴィエ軍は勝利を収めたが、北に敗走した夷狄はその後、例年より早く訪れた冬の猛威によって全滅した。

あの時、気候が悪化せず彼らが再び向かってきていたら、こちらの死傷者もさらに増えていただろう。一人の死人も出さなかったルーテゥ族にも、もしかすると被害が出ていたかもしれない。

そんな偶然を受けて、レトヴィエの人々の間にいつしか、ルーテゥ族が幸運をもたらしたのだという噂が語られるようになった。

ルーテゥ族と盟約を結んだことによって、彼らが信じる山の神々の恩恵を、レトヴィエの民たちも受けているのだと。

この噂は実を言えば、ヴァルティスの命により宮廷側が意図的に広めたものなのだが、策略は功を奏し、ルーテゥ族の存在はレトヴィエの人々に受け入れられている。

今日、これから行われる婚礼の儀にも、国王とユノ・ファを祝福する人々が城下の広場に詰めかけているという。

「だ、大丈夫かな。俺、みっともなくない？」

「なくない。今のお前は、この国の誰より美しい」

至近距離で艶《あで》やかに微笑まれ、顔が熱くなった。照れてうつむくユノ・ファの耳を、ヴァルティスは優しくくすぐる。

「やはり、衣装は黒にしておいてよかったな」

ユノ・ファはヴァルティスと同じ型の、黒い生地の衣装をまとっていた。後ろから尻尾を出せるようになっていて、ぴったりとしているのに窮屈ではない。

「耳と尻尾、本当に隠さなくて大丈夫？」

宮廷での儀式の後、民たちの前に出なければならないと聞いて、ずっと緊張している。昨日はよく眠れなかった。

「ルーテゥ族の象徴を見せないと、意味がないだろう。もう耳も尻尾も隠さなくていい。堂々としていろ」

「そうだ俺、ヴァルティスのお嫁だから。しっかりしないと」

儀式とはいえ、国王の妃となるのだ。きちんとしていなくては、ヴァルティスが恥をかく。そう考えるとさらに緊張してきた。

儀式の段取りは何度も確認したし、この半年でレトヴィエ宮廷の礼儀作法も叩き込まれた。きちんと振る舞えるはずだが……。

「力むな、そのままでいい。飾らずとも、私の花嫁は十分に美しい」

甘い声で囁かれ、頬に口づけされるとその心地よさに少し緊張が解けた。顔を上げると、唇を塞がれる。

「ん……」

「これから行うのは、ただの宮廷儀礼ではない。レトヴィエのためでもルーテゥのためでもない……私とお前のための、婚姻の儀式だ。恋人だった私とお前が正式な夫と妻となるための。これから生涯、伴侶《はんりょ》はお前だけだと誓う。お前もそう誓ってくれるか？」

揺るぎのない声に、不意に胸が熱くなった。そう、これは形式ではない。本当に二人は、生涯の伴侶となるのだ。

「誓う。誓います」

うっすらと目尻に溜まった涙を、ヴァルティスはその指で優しく拭い取った。

最後に一つ口づけを落とし、ユノ・ファの手を取る。

「では行こう。皆が待っている」

宮廷へと向かう。中庭に出ると、城の外から二人を祝福するレトヴィエの民の声が、風に乗って聞こえてきた。

あとがき

こんにちは、初めまして。小中大豆と申します。

今回はケモ耳花嫁がコンセプトの「人間×獣人」異種族カップルとなりました。

母語も習慣も違うし、年齢的にも「おじさん×若者」なので、この二人は話や趣味が合わなそうだなー、というのが最後まで書いた感想でした。デートとか、どこに行くんでしょうね。

ただ、受はとにかく攻が大好きで、攻もこれから受をメチャクチャ溺愛しそうなので、周りが困惑するようなバカップルになりそうです。


イラストの巡先生には、眉間に皺を寄せた攻のおじさん（国王）と、ぽやっとした獣人の受、その他のキャラクターをとても魅力的に描いていただきました。キャラクターラフで拝見した衣装や装飾品も素敵で、感動しております。

担当様、今回もご迷惑をおかけしました。最後のエッチシーンをどこに入れようか悩んだのですが、担当様のアドバイスのおかげですんなり決まり、大好きな青姦も書けて嬉しいです。

そして最後になりましたが、拙著をここまでお読みくださった皆様、ありがとうございました。皆様のお好みに合うかわからないのですが、少しでも楽しんでいただけたらと祈っております。

それではまた、どこかでお会いできますように。

小中大豆

本作品は書き下ろしです。

ラルーナ文庫

この本を読んでのご意見・ご感想・ファンレターなどお待ちしております。**〒111−0036 東京都台東区松が谷1−4−6−303 株式会社シーラボ「ラルーナ文庫編集部」**気付でお送りください。

冷徹王《れいてつおう》は翼《つばさ》なき獣人《じゅうじん》を娶《めと》る

2017年8月7日　第1刷発行

著　　者｜小中《こなか》 大豆《だいず》

装丁・DTP｜萩原 七唱

発 行 人｜曺 仁警

発 行 所｜株式会社 シーラボ
〒111-0036　東京都台東区松が谷 1-4-6-303
電話　03-5830-3474／FAX　03-5830-3574
http://lalunabunko.com

発　　売｜株式会社 三交社
〒110-0016　東京都台東区台東 4-20-9　大仙柴田ビル２階
電話　03-5826-4424／FAX　03-5826-4425

印刷・製本｜中央精版印刷株式会社

　ISBN978-4-87919-994-2